JN206602

『こころ』異聞

『こころ』異聞

書かれなかった遺言

若松英輔
Eisuke Wakamatsu

岩波書店

目次

目　次

小説誕生前夜

一九一四(大正三)年四月二十日、東京、大阪の双方の朝日新聞で「こころ」の連載が始まった。終了は、東京、大阪で若干の違いがある。前者は八月十一日、後者は八月十七日、全百十回、この期間で休載となったのは、東京が四回、大阪は十回だけである。書き手も何かに突き動かされるように筆を走らせたのが分かる。

新聞連載の場合、作家はあるところまで書き進めて、連載を開始する。おそらく漱石もそうだったのだろう。この小説が紙面掲載される四日前には、次のような予告文が載せられた。

今度は短篇をいくつか書いて見たいと思ひます、その一つ一つには違つた名をつけて行く積(つもり)ですが予告の必要上全体の題が御入用かとも存じます故それを「心(こころ)」と致して置きます。(『心』予告)

当時、『こころ』は、漢字で『心』と題する作品だった。作者はこれを連作短編の形で進行させるつもりだったようで、それぞれの短編には別個に題名が必要となる、それらを総称するものとして、ひとまず「心」という名前を選んでおく、というのである。この一節を見る限り、この題名にも作者の強い思い入れがあるようには感じられない。

実際に書き始めてみると、短編の連作にはならなかった。たしかに準備はした。しかし、それがどれほど有効だったのかは分からない。書き進めていくうちに漱石は、自分の予告通りには進まないことに気がついたはずだ。

小説の主人公はときに、作家の手を離れて勝手に動き出す。そう語る小説家は少なくない。バルザックやドストエフスキーはもちろん、モーリヤックや遠藤周作も同様のことを強い実感と共に述べている。小林秀雄は『ドストエフスキイの生活』で、バルザックが自作の登場人物と現実の知人との区別がうまくつけられなかった逸話にふれ、こうしたことはドストエフスキーの場合、いっそう烈しく起こっただろうと語っているが、「心」を書いていたときの漱石にも似たような実感があったのではないか。「私」も「先生」も「K」も、作者の思い通りには、生きてはくれなかったように思われる。

新聞連載が終わって、およそ一カ月後の九月二十日には、岩波書店から単行本として『心』が刊行されている。現代に置き換えてみても異例の速さだが、それは、この小説がいかに強く読者に受け入れられたかを示している。書籍になるとき、漱石は次のような「自序」を新たに寄せた。

当時の予告には数種の短篇を合してそれに『心』といふ標題を冠らせる積だと読者に断わつたのであるが、其短篇の第一に当る『先生の遺書』を書き込んで行くうちに、予想通り早く片が付かない事を発見したので、とう〳〵その一篇丈を単行本に纏めて公けにする方針に模様がへをした。

この一文からも、この小説と作者の間に横たわっていた、ある緊張状態が浮かび上がってくる。書き始めた途端、漱石は、物語の奥行が、予想とはまったく異なる様相であることに気がつく。今日、私たちが『こころ』として読んでいる、原稿用紙四百数十枚ほどの作品を、漱石は当初、数十枚の短編にまとめようとしていたのだった。

すでに漱石は、いくつもの短編と複数の長編を世に送っている。単に目算を誤っただけでなく、彼の手にも負えない何かが、どこからか舞い込んできた、といった方が漱石が感じていた現実に近いようにも思える。

『こころ』を書きはじめると、石が斜面を転がるように小説が動き始める。『こころ』の後、『道草』を書き上げ、『明暗』を完成させることなく、漱石は逝く。『こころ』は漱石の人生の晩節に起こった「事件」だった。もっとも驚いたのは漱石だっただろう。先の一節に次のような一節が続く。

然し此『先生の遺書』も自から独立したやうな又関係の深いやうな三個の姉妹篇から組み立てられてゐる以上、私はそれを『先生と私』、『両親と私』、『先生と遺書』とに区別して、全体に『心』といふ見出しを付けても差支ないやうに思つたので、題は元の儘にして置いた。たゞ中味を上中下に仕切つた丈が、新聞に出た時との相違である。

『こころ』は最終的には三部構成になっている。「先生の遺書」は、当初、最初に書かれるはずだった短編の題名に過ぎなかった。

まず、漱石の予想を超えて、大きな存在となっていったのは「私」であり、「私」と「先生」の関係だった。仮置きのように付けていた「心」という表題への確信も、ここでは深まりを見せていることが分かる。

当時の漱石には、自分が小説を書いた、というよりも、何ものかに導かれた、誤解を恐れずにいえば、何かに書かされた、というような感慨があったのではないだろうか。「自序」は次の一節で終えられている。

装幀の事は今迄専門家にばかり依頼してゐたのだが、今度はふとした動機から自分で遣つて見る気になつて、箱、表紙、見返し、扉及び奥附の模様及び題字、朱印、検印ともに、悉く(ことごと)自分で考案して自分で描いた。

木版の刻は伊上凡骨氏を煩はした。夫から校正には岩波茂雄君の手を借りた。両君の好意を感謝する。

装丁をすべて自分で考案する。大枠ではなく、じつに細かいところにまで指示を出しているのが分かる。外装だけでなく、朱印、検印までも漱石の思いが反映されていた。

このとき、『こころ』というひらがなの題名が用いられた。外箱は「心」だが、本体の背表紙には「こゝろ」と記されている。以後、かな文字で記すのが主流になっている。

『こころ』は、岩波書店から刊行されたはじめての書籍となった。当時は、古書店を営んでいた岩波茂雄が、漱石に刊行を打診した。

漱石は自他ともに認める流行作家である。一年ほど前、古書店を開業する際、岩波は漱石に看板の揮毫を依頼しているが、当然ながら、このとき、岩波書店の名前を知っている人はほとんどいない。岩波が漱石に破格の条件を出したわけでもなかった。そればかりか、資金に余裕のない岩波は、漱石に自費出版での刊行を提案したのである。

漱石はそれを承諾する。岩波に惚れたのだろう。まだこれからどうなるかわからない男に漱石は、宝玉がいっぱい詰まった原石を預けたのである。

その上で、自費で出すなら、どこまでも自分の納得する形で本を作り上げたいと思い、装丁のすべてを自身で行ったのだろう。この事実は、漱石がこの作品をいかに大切に思っていたかを証している。

書籍が刊行されるとき、漱石は、次のような広告文を書いている。

自己の心を捕へんと欲する人々に、人間の心を捕へ得たる此作物を奨む。

短い、しかし、強い自信すら感じる表現を見ると、このとき作者はすでに、自らの代表作になるであろうことをはっきりと感じている。また、題名に関しても「心」以外にはありえないという気概のようなものが伝わってくる。

ただ、ここでの「心」は、「先生」と「私」といった主人公たちの胸のうちで生起したこと、内心の事実だけを意味しているのではないだろう。

むしろ、仏教の唯識哲学が、「心」のありようを五感、意識、末那識（まなしき）、阿頼耶識（あらやしき）と、八つの層にわけて論じたように、「心」の働き、あるいは「心」の構造を明らかにしようとした作品でもあったことを見過ごしてはならない。そうでなければ「自己の心」ばかりか「人間の心を捕へ得た」との記述も大げさな発言に過ぎなくなる。

今日のように文学、哲学、宗教学、心理学と分野が細分化されている状況下では、さまざまな領域を架橋する、『こころ』のような作品は生まれにくい。『こころ』は、あるときは、今日でいう純文学作品だが、独創的な深層心理学的、形而上学的視座を提示する哲学的な作品でもある。さらに近代日本における最初期の、もっとも優れた宗教文学の一作品でもある。

西田幾多郎の『善の研究』が、日本における哲学の黎明期を告げる著作だったことは論を俟たない。だが、この本の刊行が一九一一(明治四十四)年、『こころ』が刊行される三年前にすぎないことも注目してよい。

それまで日本において哲学的主題が顧みられなかったわけではない。形而上的探究は、文学者たちによって、その一端が担われていたのである。漱石も例外ではなかった。たとえば、一九〇六(明治三十九)年に発表された『草枕』の第一章には、そうした文学と哲学の融合の痕跡を色濃く感じることができる。

住みにくき世から、住みにくき煩ひを引き抜いて、難有(ありがた)い世界をまのあたりに写すのが詩である、画である。あるは音楽と彫刻である。こまかに云へば写さないでもよい。只まのあたりに見れば、そこに詩も生き、歌も湧く。着想を紙に落さぬとも璆鏘(きゅうそう)の音は胸裏に起る。丹青は画架に向つて塗抹せんでも五彩の絢爛は自から心眼に映る。只おのが住む世を、かく観じ得て、霊台方寸のカメラに澆季溷濁(ぎょうきこんだく)の俗界を清くうらゝかに収め得れば足る。

「難有(ありがた)い世界をまのあたりに写すのが詩である」ことは今日も変わらないが、その構造を探究する役割の一端は現象学が担っている。

詩は、ときに画になり、音楽になり、ときに彫刻になる。そこには表現の際を超えた本質探究の働きがあるという。

後年、同質の問題を広く「東洋哲学」の場面で論じたのは『意識と本質』を書いた井筒俊彦である。先の漱石の一節に「着想を紙に落さぬとも」、「詩」は生まれる、と記されていたのと共振するように、井筒もまた、「書く」という営みには、ペンで紙に文字を記すことに留まらない形而上学的な意味が潜んでいるとも語った。

井筒と漱石には浅からぬ「縁」がある。彼の父親信太郎が、漱石を愛読していたのである。この父親は、単に好んで漱石を読んでいたのではない。道を求めるように読んだ。若き日の代表作『神秘哲学』の序文にあるとおり、井筒はこの父親に決定的な影響を受けている。この父親は息子が幼いころから独自の瞑想法の実践を強いた。漱石もある時期、禅に接近したことがあるのは、年譜から、あるいは『門』などの作品からも窺い知ることができる。

ともあれ今は、『こころ』には、狭義の文学の視座からだけでは読み尽くせない問いが横たわっていることが確認できれば、それでよい。

沈黙する主人公

一九〇七(明治四十)年四月に漱石は、東京美術学校で「文芸の哲学的基礎」と題する講演を行っている。

先にふれたように、この頃はまだ日本における哲学は確立していない。西田幾多郎が、自らの先駆者だったと語った大西祝(はじめ)(一八六四—一九〇〇)が、日本における哲学の言葉、文体を生みだそうと孤軍奮闘していた頃である。

漱石は、小説家でありながら同時に、早い時期から文学と哲学の交わるところに意味を見出そうとした人物だった。当然ながら、そうした作者の精神は、小説である『こころ』にも深く流れ込んでいる。

「こころ」の新聞連載が始まるのは七年後である。前年に『坊っちゃん』などを発表し、教師の仕事を辞して、朝日新聞に入社した年である。講演は、職業作家として、新たな出発をした、ちょうどそのときに行われた。そこで漱石は、文芸家の表現における理想を語った。

> 早い話しが無臭無形の神の事でもかゝうとすると何か感覚的のものを借りて来ないと文章にも絵にもなりません。だから旧約全書の神様や希臘（ギリシャ）の神様はみんな声とか形とか或（あるい）は其他の感覚的な力を有（ゆう）して居（い）ます。それだから吾人文芸家の理想は感覚的なる或物を通じて一種の情をあらはすと云ふても宜（よろ）しからうと存じます。

文学における理想は、「感覚的」なことを記すことによって、感覚的領域を超えたものを描き出すこと、あるいは、感覚的なものを通じて「一種の情」、すなわち心の躍動を活写することだというのである。

「情」の文字は「情（じょう）」と読むべきなのかもしれないが、その意味するところは本居宣長がしばしば書き記しているように、「こころ」と解してもよいだろう。人間を描くことによってむしろ、生ける「情（こころ）」をまざまざと世に顕現させること、それが初期からすでに芽生えていた作家夏目漱石の挑戦だった。

『こころ』が、明治期以降に書かれた小説のなかで、もっとも多くの読者の手に取られた作品の一つであることは論を俟たない。『こころ』をめぐる論考も「無数」といってよいほど存在する。

この小説はこれからも、新しい読者と論者を生み出し続けていくだろう。ある人にとってこの作品は、「先生」と親友「K」との友情の物語、あるいは、「御嬢さん」をあいだにした恋愛物語に映るかもしれない。別の者には、恋愛はきっかけに過ぎず、「K」を核にした、求道の文学だと読めるかもしれない。若き「私」が、「先生」に投げ掛ける実存的な問いに共感を覚える「私」と同年代の者もいるだろう。

こうした古典的作品をめぐっては、終わりがないほど、いくつもの「読み」を挙げることができる。だが、時代を経れば恋愛、友情をめぐる価値観も変わる。この小説が、今なお、読み継がれている根本の理由は題名にある通り、人の「こころ」の実相を捉えようとする果敢な試みだったところにあるのではないか。

小説の主人公は、必ずしも人間でなくてもよい。宮澤賢治の童話にあるように動物も語り手になり得る、というのではない。ギリシア悲劇においてはしばしば「モイラ」、すなわち宿命が主役となった。時空を風のように流れる宿命によって、人間が翻弄される姿を古代の劇作家たちは描き出そうとした。『こころ』を考えるときも、こうした不可視な存在を物語の中軸に据える、文学の伝統を念頭においてみたいのである。私たちは、この小説を、あまりに「人間的」に読みすぎたのかもしれない。堀辰雄の『風立ちぬ』が、「風」を主人公に読むことができるように、『こころ』も、容易に命名しがたい、強く人生をつき動かす「ちから」を核に読み進めることもできるだろう。

誤解を恐れずにいえば、この小説の主人公は「私」でも「先生」でもなく、「こころ」と呼ばれる得体のしれない何ものかであるとさえ、いい得るように思われる。

心をめぐって漱石が、若い日から興味深い言葉を書き残している。一八九六(明治二十九)年、二十九歳になる年に書かれた「人生」と題する小品では「人生は一個の理窟に纏め得るものにあらずして、小説は一個の理窟を暗示するものであると語ったあと、「吾人の心中には底なき三角形あり、二辺並行せる三角形あるを奈何せん」と述べている。人生の意味を収斂することができるような論理など存在しない。だから小説は、その不在である究極の論理を暗示するに留まるというのである。さらに漱石はこう続けた。

若し人生が数学的に説明し得るならば、若し与へられたる材料より、Xなる人生が発見せらるゝならば、若し人間が人間の主宰たるを得るならば、若し詩人文人小説家が記載せる人生の外に人生なくんば、人生は余程便利にして、人間は余程ゑらきものなり、不測の変外界に起り、思ひがけぬ心は心の底より出で来る、容赦なく且乱暴に出で来る(後略)

もし、人生の秘密が数学的、あるいは科学的に解し得るなら、人間の生が、人間が思うままであったら、小説家、詩人、随筆家等の文学者らが描き出すような状況であるだけなら、生きることもそう困難ではないのかもしれない。しかし、実相はまったく異なっていて、不測の事態はいつ起こるか分からない。出来事が勃発するさまは、予告なく勃発する大規模な天災を想起させる、というのである。思うままにならない心の姿を描き出すこと、それは作家漱石の宿願のようなものですらあった。

のである。

『こころ』は、永年にわたって漱石の内で眠っていた「こころ」の実相という根本問題の噴出だった

本論で漱石の文章を引用するときは、原則として『漱石全集』(岩波書店、一九九三年十二月―九六年二月)による。この全集は外部の編集委員によってではなく、岩波書店編集部によって編まれている。外部の識者にではなく、編集者の冷徹な眼に裏打ちされ、編纂されることによって客観性においてもいっそう純度を高めている。

また、この全集には、詳細な注解がある。『心』の巻(第九巻)は、近代日本文学の研究者重松泰雄が書いていて、先に引いた「人生」における「心」への言及があることもこの注解で知った。

通常、全集が編纂されるときは――あるいはこの『漱石全集』以前は、と書いた方が精確かもしれない――最初に活字になった文献、いわゆる「初出」に当たり、単行本などの著者生前の最終稿と比較しつつ、校訂作業を進めていく。「ゲラ」と呼ばれる雑誌などに掲載される前の見本刷りなどでの訂正もあるから、活字になったものを最終稿として採用する場合が多い。だが、『漱石全集』の編集にあたった人物が選んだのはまったく異なる道だった。

彼らは可能な限り漱石自身の原稿にさかのぼって底本とした。全集の巻末には「校異表」として、単行本と原稿の差異が一覧になっている。送り仮名の違いが多く見られるが、中にはこれまで「原因」となっていたものは、原稿では「源因」であり、「悲惨」は「悲酸」だったことが示されている。

「原因」は、可視的な要因をうかがわせるが、「源因」は、何か容易に知り難いところにある、未定

形なものを想起させる。

「悲惨」は、見るのもはばかられるような様子だが、「悲酸」からは辛酸な出来事の奥に、耐えがたい悲しみが横たわっている様が浮かび上がる。全集編纂において中核的な役割をになった秋山豊はのちに、こうした編集方針の決定をめぐって、次のように述べている。

全集本文の拠りどころを原稿に求める、というと、作者は生きている限り作品に手を入れて彫琢につとめるのだから、作者が手を入れた最後の本文こそ尊いのではないかと反論される。(中略)しかし少なくとも漱石については、それが当たらないということができる。漱石はほとんど校正をしない。作品もほとんど見直すことがない。(『漱石という生き方』)

書かれたときにこそ『こころ』の真の姿が生きているのであって、直されたものには見られない躍動がそこにはある、というのである。さらに秋山は、「本文作成の問題点——岩波書店の『漱石全集』の場合」(『秋山豊遺文・追悼集』)と題する一文では、「私(たち)は、漱石先生の原稿をいただいて、「今」本を作るとすればどのような形になるか、を追求したのであった」とも述べた。

「生ける漱石」を共時的に感じながら『全集』を編纂する。さらにいえば「生ける死者」となった漱石と共に『全集』を作り上げてみたい、と語るのだった。ここで秋山は、神秘説を唱えているのではない。編纂という行為が真に創造的にはたらくとき、私たちの「想像力」は、時空を超えるという不可能性に挑戦せざるを得ない、というのである。

こうした道程を経て誕生した『全集』によって読者は、伝説となった漱石にではなく、多くの人間に解釈される以前の、「生ける漱石」の前に導かれる。さらにいえば、秋山らの願いは、時空の隔たりや無数の解釈を超えて、個々の読者が、それぞれ固有の関係を漱石と結び得ることを示すことにもあっただろう。

異論があることは承知している。しかし、筆者が、秋山が編纂した『こころ』を読み、これまで文庫本で読んできた『こころ』とまったく異なる光景を眼にした経験をなかったことにはできない。秋山の決断は、従来の学問の基礎を揺るがすものかもしれない。そうであれば、なおさら、漱石を今によみがえらせる一つの選びとして、彼が編纂した『こころ』を読むという挑みがあってよいように思う。

さて、よるべき本文は決まったが、『こころ』にはいくつもの、そして重要な、語られざる事柄がある。

たとえば、私たちはこの小説の重要な登場人物の名前を一切、知らない。「御嬢さん」の名前が「静(しず)」であることは分かる(九章)が、「私」「先生」「K」に関する外的な情報はほとんど記されていない。年齢に関しても作中ではっきりしたことは語られていないのである。

しかし、手掛かりはある。「御嬢さん」の父親が亡くなった日清戦争(一八九四—九五)は、その重要な基点である。

『こころ』の登場人物の年齢を想定する試みは複数の人々によって行われている。諸説あるのだが、ここでは秋山の説と重松の注解に依拠して確かめてみることにする。

一九七八年一月、『漱石全集』の刊行がはじまるおよそ十六年前、秋山は「先生の歳」と題する文章を書き、知人に配った。そこで彼は、「先生」を一八七七(明治十)年、新潟県生まれで、一八九四(明治二十七)年に数えで十八歳のときに高等学校に入るために上京してきた、とする。亡くなった年は、明治天皇の崩御と同じ年だから、一九一二年、「先生」は、三十五歳で亡くなったことになる。

「K」と「先生」は、同郷で、おそらく同級生、当時、高等学校、大学はそれぞれ三年間だった。「御嬢さん」である静は、「先生」が大学を数え年二十三歳で卒業する年に、五年の修業期間を終えて十七歳で女学校を卒業する(八十一章)とされているから、「先生」たちよりも数えで六歳ほど若いことになる。

また、「私」と「先生」の間には十余歳、一回りほどの年齢差があると考えられる。

だが、年齢にまつわる、もっとも大きな問題は、「私」が、「先生」をめぐって語りはじめたのが何歳ごろだったのか、ということである。

師が突然亡くなるという出来事のあと、「私」がどれほどの沈黙を経て語り始めたか、読者がこれをどう感じるかによって、この作品の光景は一変するからだ。

「私」は、いつ語り始めたのか

物理的には不可能なのだが仮に、『こころ』の読者十人がそれぞれの読後感を、忠実に一枚の絵にすることができたとする。それらの絵を一度に見た者は、まったく別な小説なのではないかと思われるほど、描かれているものの違いに茫然とするだろう。多くの人が『こころ』を読んでいる。しかし、随分と異なる実感をもって読んでいるのである。

優れた作品には余白が多い。その空白を読者は、それぞれ異なるかたちで埋めながら読み進めている。むしろ、読み手によって形作られるところが多分に残されていることは名作の条件でもある。作品は、すべてを語っているわけではない。『こころ』も例外ではない。この小説は、次の一節から始まる。

私は其人（そのひと）を常に先生と呼んでゐた。だから此所（ここ）でもたゞ先生と書く丈で本名は打ち明けない。

是は世間を憚かる遠慮といふよりも、其方が私に取つて自然だからである。私は其人の記憶を呼び起すごとに、すぐ「先生」と云ひたくなる。筆を執つても心持は同じ事である。余所々々しい頭文字抔はとても使ふ気にならない。（一）

これが漱石の原稿に忠実な『こころ』の本文である。本論では漱石の原稿を復元した文章に従ってこの小説を読み進めてみたい（ルビは新かなにし、適宜補った）。『漱石全集』の編纂者秋山豊が述べていたように、これまで語られてきた『こころ』をめぐる論説をひとたび横において、私たちも漱石から直接原稿を預かった者のようにこの作品を読んでよいのである。

さて、「余所々々しい頭文字」とは「先生」が遺書で親友を「K」と呼んだことを指している。このとき「私」は、すでに「先生」の長大な遺書を読み、会ったことのない「K」という人物も身近に感じるようになっている。「私」と「K」に面識はない。いわば他人である。だが、他者と他人は違う。自分以外の人間という意味で、「私」にとって「先生」は他者だが、けっして他人にはなり得ない。

先章で「先生」と「私」、「K」、「御嬢さん」の年齢にふれた。この作品で年齢をめぐるもっとも大きな問題は、先のように語り始めたとき「私」はいったい何歳だったのか、という問題である。それは同時に、「私」が「先生」の遺書を手にしてから、どれほどの沈黙を経て、その内実を言葉にし始めたのかを物語ることになる。

「先生」の死からの語られざる時間を読み取ることから、この小説と読み手との交わりが始まるのではないか。誤解を恐れずいえば、遺書を手にしてから流れた時間こそ、この作品のもっとも豊かな語り手だと言えるようにすら感じられる。

少し読み進めると次のような一節に出会う。理由の分からないまま「私」が、「先生」に惹かれてゆくさまが描きだされている一節である。「もつと前へ進めば、私の予期するあるものが、何時か眼の前に満足に現はれて来るだらうと思つた」、と述べられたあと、次のような一節が続く。

> 私は若かつた。けれども凡ての人間に対して、若い血が斯う素直に働かうとは思はなかつた。私は何故先生に対して丈斯んな心持が起るのか解らなかつた。それが先生の亡くなつた今日になつて、始めて解つて来た。先生は始めから私を嫌つてゐたのではなかつたのである。先生が私に示した時々の素気ない挨拶や冷淡に見える動作は、私を遠けやうとする不快の表現ではなかつたのである。傷ましい先生は、自分に近づかうとする人間に、近づく程の価値のないものだから止せといふ警告を与へたのである。他の懐かしみに応じない先生は、他を軽蔑する前に、まづ自分を軽蔑してゐたものと見える。（四）

「私は若かつた」、との一節は、いったい何を意味しているのか。「私」は、「先生」が亡くなった当時の自分を振り返って、いつ「若かつた」と語り始めたのだろうか。

当時自分は未熟であったということの比喩的表現として読むこともできる。しかし、そうだとすれば、二十二、三歳の若者が師を喪って、さほど時間も経過しないうちに、あのときは何も分かっていなかったが、と語り始めることになる。

だが、「私」と「先生」のつながりは、そうした安易な語りを許さなかった。二人の交わりは文字通りの意味で苛烈なものだった。

「先生」は、実の父親よりも近しく感じられる存在だった、と「私」はいう。「先生」の影響は単に頭に働きかけるだけではない、それでは「冷（ひやや）か過ぎるから、私は胸と云ひ直したい」と語った。「私」は、「先生」と自分の関係を、なお烈しい語調で語り始めるのである。

> 肉のなかに先生の力が喰ひ込んでゐると云つても、血のなかに先生の命が流れてゐると云つても、其時の私には少しも誇張でないやうに思はれた。私は父が私の本当の父であり、先生は又いふ迄もなく、あかの他人であるといふ明白な事実を、ことさらに眼の前に並べて見て、始めて大きな真理でも発見したかの如くに驚ろいた。（二十三）

血の中に「先生」の命が流れているように感じる。自分とは何かを考えることを忘れても、「先生」とは何者かを考えない日などない。「私」にとって「先生」は、自分よりも自分に近いように感じられる存在だった。肉体の血縁があるように、もし、精神の血縁があるとすれば、「先生」は自分にとってもっとも近くに感じられる親族だというのだろう。

ここで語られていることが喩えでないなら、「先生」の死は、ここでいう「血」、すなわち「私」の精神をもまた瀕死の状態に陥れたはずである。そうでなければ「私」の述懐は単なる誇張に過ぎなくなる。

今は詳しくはふれないが、「血」は、『こころ』という小説のもっとも重要な鍵となる言葉のひとつである。『こころ』は、「血」の小説だといっても過言ではない。

人生の同伴者を喪い、地面に叩きつけられるような痛手を受けた人間が、ふたたび立ち上がろうとするには、短くない時の流れが必要である。大切な人を喪ったことがある人に説明は不要だろうが、喪失体験は、時間の流れに著しい影響を持つ。「私」の人生の上でも、「私は若かつた」、そう語るに充分な時間が費やされたことは、容易に想像できる。

そもそも、このとき「私」が何歳だったか。もちろん正解など存在しない。しかし筆者には、「先生」の生涯を語り始めた当時の「私」の風貌は、亡くなった「先生」と同じ年代のように、あえていえば、少し上のように感じられる。さらにいえば、『こころ』で語られている言葉は、「私」の遺言のようにも感じられる。

「先生」は、多少の誤差があったとしても三十代の半ばで亡くなっているのだが、ある読者には「先生」の年齢はもっと高く感じられていたのではないだろうか。

このことを講演などで話題にすることがあるのだが、「先生」は、漱石が亡くなったのと同じくらいの年齢だと思っていた、という人が少なくない。およそ五十歳である。だが、これが事実ではないのはすでに述べた。だが、そう感じるのにも理由がある。「先生」は、自分のことを「年を取つている」と語っているのである。

「私は淋しい人間です」と先生は其晩又此間の言葉を繰り返した。「私は淋しい人間ですが、ことによると貴方も淋しい人間ぢやないですか。私は淋しくつても年を取つてゐるから、動かずにゐられるが、若いあなたは左右は行かないのでせう。動ける丈動きたいのでせう。動いて何かに打つかりたいのでせう。……」(七)

そう問いかけられた「私」は、「ちつとも淋しくはありません」と答える。しかし、のちに「私」が、「先生」の境涯を理解したというのは、「先生」が語った「淋しさ」を実感するようになったということかもしれない。

「先生」が「私」を遠ざけたのは、いたずらに引き寄せれば、いつか失望させることになる、と「先生」が感じていたからだ。若者の期待に充分に応えることができないとき、かえって相手を傷つけることになる。「先生」は、そのことが分かっていた。だから距離を保とうとしたのである。

「私」は、そうした「先生」の本意も今は分かる、という。「先生」の生涯を語り始めようとしたとき、幾ばくかの年齢を重ねた「私」の近くにも、彼を「先生」と呼ぶような若者がいたのではないだろうか。

自分が「先生」と呼ばれるような立場になって「私」は、改めて出会った頃の「先生」の胸中をまざまざと感じ始めたのではなかったか。

もし、ここに記したようなことが成り立つとすれば、そこには少なくとも十余年以上の月日が折り重なったことになる。そう考えると、「先生の亡くなつた今日になつて」という表現が不自然なのではないか、という疑問が残るかもしれないが、そんなことはない。大切な人を喪った者にとって、別離の出来事は、けっして古びることのない、つねに「今」の出来事であり続けるのである。

世界史研究、ことにヨーロッパ中世史研究の泰斗だった上原専禄は、一九六九年、彼が七十歳のとき妻を喪う。この出来事は、彼の世界観を根底から揺るがし、また、覆すことになる。

彼は死者、すなわち生ける死者を論じ始めた。その著作『死者・生者――日蓮認識への発想と視点』は、哲学者田辺元（はじめ）の『死の哲学』と並んで近代日本における死者論の古典とよぶべき論考だが、そこで上原は「過ぎ行かぬ時間」をめぐって語っている。

伴侶を喪うと、相手が亡くなった時点で時間が止まる、というのだ。

「ほかの諸事物は、どんどん時間とともに流れていくのに、妻が死んだという事実とそれにかかわる諸事物とは流れない」。歴史の上で生起した事象でありながら、「歴史的時間・歴史的空間にかかわらないで、いつまでも一つの意味を持ち続けているものとして」存在し続ける何かがあると上原はいう。

さらに「つまり歴史のなかにいながら、歴史にかかわりなしに、あるいは歴史を超えたものとして、そのものを見る見方というもの、少なくともそれに近いような考え方になっているということが、あらためて自覚された」(「過ぎ行かぬ時間」『死者・生者』)とも語った。

何年前に起こっていようとも、心では「今」起こりつつあるように感じられる。愛する者との別れは、流れゆく時間の上での事象ではない。それは、もう一つの時間、過ぎ行くことのない「時」の次元での出来事として存在している。

かつて自分は若く、何も見えていなかったとはっきり分かる回顧的実感と同時に、「先生」を喪った悲しみが、今のこととして経験される。過去が、現在であり続けるということが、死別という経験には随伴することがある。

ある人にとってそれは、矛盾、あるいは、ある種の錯覚に映るかもしれない。しかし、「生」を科学的世界観とは別な視座で眺めてみるとき、この多層的認識こそが、私たちの「現実」となることも、あるのである。

邂逅への衝動

待つということをめぐって、唐木順三が次のような文章を書いている。

訪れるもの、よびかけて来るものは、いつ来るかわからない。そのいつ訪れるかわからないものが、いざ来たという場合、それに心を開き、手を開いて迎え応ずることのできるような姿勢が待つということであろう。邂逅という言葉には、偶然に、不図出会うということが含まれていると同時に、その偶然に出会ったものが、実は会うべくして会ったもの、運命的に出会ったものということをも含んでいる。(『詩とデカダンス』)

人はいつも何ものかとの出会いを希い(こいねが)、待ち望んでいて、一見すると偶然のように思われても邂逅は、人生の必然と呼ぶべきものに裏打ちされている、と唐木は感じている。

はじめて読んだのは四半世紀以上前、まだ大学生だったが、それ以来、この一節を想うたびに『こころ』が想起される。邂逅は、『こころ』を貫く核となる主題だが、その起源は、幾度この本を読んでも謎に満ちたままだ。

先の引用のとおりであれば、邂逅の生起において人間の意志の入る余地は小さく、そこには、私たちの思惑を超えた何かの力が強く働いている。たしかに『こころ』においてもそうだった。

出会いは、ある夏、海水浴場で起こった。外国人と一緒にいた「先生」が「私」の目に留まる。外国人と一緒にいたことが「私」の目を引く伏線になっている。だが、それは表層の契機に過ぎない。「私」は外国人にほとんど関心を払わない。しかし「先生」からは目を離さない。このときはまだ、何も表立ったことは起こらないが「私」は何か予兆めいたものを感じている。そればかりか、のちに「先生」と呼ぶことになる人物にどこかで会ったことがあるようにすら感じている。

> 其時私はぽかんとしながら先生の事を考へた。どうも何処(どこ)かで見た事のある顔の様に思はれてならなかつた。然し何(ど)うしても何時何処(いつどこ)で会つた人か想ひ出せずに仕舞つた。(二)

この一節を理解する鍵語(かぎご)は、「何処か」である。これが単に、今、二人がいるのとは別などこか、ということだけなら、問題はさほど複雑ではない。もちろん、二人も「意識」ではそう感じている。しかし、小説を読み進めると、「先生」と「私」のあいだには、計測可能な、いわゆる「時間」ではなく、それを超えた「時」と呼ぶべき何かが存在するのが分かる。誤解を恐れずにいえば、「先生」との邂逅の淵源を、大人になった「私」は、前世にまでさかのぼって考えているようにすら見えてくる。

もちろん、もっと物理的に考えることも可能だ。当時にしては珍しく、外国人と言葉を交わす「先生」に、新しい時代のインテリゲンチャだった「私」が、魅惑的な知性の輝きを見たのだ、と考えられなくもない。だが、この小説はそうした紋切り型の認識で終わりにできない問題を、その底にいくつも湛えているのである。

自分でも理由は分からないが、「私」はもう一度「先生」に会いたいと強く思う。このとき「私」はまだ、「先生」がどんな人物であるかをまったく知らない。それでも自らの衝動を封じることができない。

わざわざ「翌日も亦先生に会つた時刻を見計らつて、わざ〱掛茶屋迄出かけて」みると、「西洋人は来ないで先生一人麦藁帽を被つて遣つて来」ていた。掛茶屋とは今日でいう海の家である。「先生」は海に入り泳ぎ始める。すると「私」は、「急に其後が追ひ掛けたくな」って海に入る。しかし、「先生」が違う方向に向かって進んだために声をかけることはできない。徒労だったと掛茶屋に戻ると、「私」は帰り際の「先生」とすれ違う。

何かが交わりを邪魔しているようにすら感じられるが「私」は、この程度ではあきらめない。次の日も同じ時間に浜辺に行き、「先生」の顔を見る。そして、「其次の日にも亦同じ事を繰り返した」と書かれている。

三日間、「私」は何を感じていたのだろうか。彼は積極的に行動しつつ、出来事が起こるのを待っている。もし、第三者が、このときの「私」の行動をつぶさに見ていて、その動機を尋ねたとしても、「私」もまた、それに充分に応じることはできなかっただろう。

ギリシア神話に登場する運命の神として知られる「モイラ」は、もともと三人の女神で、複数を意味する「モイライ」だった、と神話学の泰斗カール・ケレーニーは書いている(『ギリシアの神話――神々の時代』植田兼義訳)。

「モイラ」と単数で呼んだのはホメロスで、彼によって描かれる運命の神は、強力で、耐えがたく、また破壊的ですらあった。だが、オルフェウス教に伝えられる「モイライ」は様相が異なる。それは運命を「紡ぐ女(神)」であり、また、その「分け前をはかる女」であり、また「免れがたい女」でもあった。

「私」と「先生」の邂逅とその生涯を考えるとき、ホメロスの「モイラ」ではなく、運命を紡ぎ、人生の問いを分かち、そして免れ得ない出会いという三つの働きをもったまさに「モイライ」の姿が髣髴とする。言葉すら交わすことができずにいた「私」にも微かな変化が訪れる。

或時先生が例の通りさつさと海から上つて来て、いつもの場所に脱ぎ棄てた浴衣を着やうとすると、何うした訳か、其浴衣に砂が一杯着いてゐた。先生はそれを落すために、後向になつて、

> 浴衣を二三度振(ふる)つた。すると着物の下に置いてあつた眼鏡(めがね)が板の隙間(すきま)から下へ落ちた。先生は白(しろ)絣(がすり)の上へ兵児帯(へこおび)を締めてから、眼鏡の失(な)くなつたのに気が付いたと見えて、急にそこいらを探し始めた。私はすぐ腰掛の下へ首と手を突ッ込んで眼鏡を拾ひ出した。先生は有難うと云つて、それを私の手から受取つた。(三)

わずかな交わりでもよいと強く願い、渇いていたといってよい「私」の心には、感謝を述べる儀礼の言葉であっても強く響きわたったに違いない。

先の引用は出来事としてはほんの十数秒のあいだに起こったことだろう。だが、「私」の眼は、その一コマ一コマを精妙に捉えている。

何気ない場面だが、その光景は宿命に導かれた、恋する者たちの邂逅を思わせる。このとき「私」にも人生の扉が開いた音がわずかに聞こえたのではなかったか。そうでなければ作家もこれほど詳細に、この場面を描き出すことはなかっただろう。

意識の上で「私」は、何者かとの出会いなど、格別に望んでいないように思っている。しかし、彼の意識下の働きはそれをけっして見過ごさない。むしろ、彼の「こころ」は、人生の転機を前に、「私」の肉体を突き動かそうとさえする。

だが、この日もまた、これ以上のことは起こらない。次の日、「私」はまた、同じ浜辺に行く。「私」には赴く理由がある。しかし、「先生」は違う。

人生の引力と呼ぶべき働きが惹起されるのはこうした場面においてである。「先生」が沖へ向かって泳ぎはじめると、「私」はふたたび、何かに引き寄せられるように海に飛び込む。

海の周辺には二人のほかに誰もいない。「私」は自分を大きく変えることになるだろう出来事が迫りくるのをはっきりと感じている。このとき、それを察知したのは彼の意識よりも肉体だった。「私は自由と歓喜に充ちた筋肉を動かして海の中で躍り狂つた」と小説には記されている。

一方、「先生」は海に体を浮かべているだけで何もしていない。「私」は「愉快ですね」と大きな声で言う。「先生」はすぐに応えないが、そこには「先生」もまた、自分に何かが起こっていることを自覚し始めている。

しばらくして「もう帰りませんか」と「先生」が呼びかける。これが、二人の間で交わされた最初の会話である。

眼鏡を拾ったときの礼の言葉は会話とは呼べない。それはいわば挨拶に過ぎない。「先生」は拾ったのが「私」でなくても同じことをいっただろう。

邂逅はどちらか一方にとってだけ、それが重要な出来事であるだけでは充分ではない。それは憧憬に過ぎないこともある。巡り合いが、双方にとって共に、かけがえのない事象として認識されなくてはならない。「私は是から先生と懇意になつた」との言葉が先の場面に続いている。

それから中二日おいた日のことである。「私」は偶然、掛茶屋で「先生」に出会う。すると「先生」の方から「私」に、まだ長く滞在するつもりかと尋ねる。格別の予定のない「私」は、分からないと答える。「先生」はその様子を微笑みながら見ている。「私」は決まりが悪くなって咄嗟にこう問いかけた。「先生は?」。

この言葉が、「私」の口から放たれた最初の「先生」という一言だった。

あるとき「言」は、そのまま「事」になる。日本では『万葉集』の時代からこうした言葉の働きを「言霊」といった。古典学者佐竹昭広が「言霊」をめぐって実に端的な記述を残している。

> その事物の名を口に出すと、その通りの事物が出現し、言った通りの結果が出来するという、言葉の霊妙不可思議な働きを、古代日本語では「言霊」と呼び慣わしていた。「言霊の幸はふ国」とは、言語の精霊が吉事を招来する国という意味である。「言」がそのまま「事」に直結していた以上、慶賀すべき日には、まず「寿言」を唱えて「寿事」を招き寄せなくてはならない。(『萬葉集再読』)

「先生」という一言がこの壮年の男を「先生」にした。もしここで「私」が、よそよそしく「貴方は?」と語り始めたら、「モイライ」は姿を消したかもしれない。

「私」は自ら「先生」と語ることによって、この世に師を得た。それは同時に、「先生」には予想もしないところで「弟子」が誕生するという驚くべき出来事だったのである。

その晩、「私」は「先生」の宿を訪ねる。連れ立っていた外国人のことなどさまざまな話をするのだが、「私」の関心は一点に収斂する。どこかで会ったことはなかったかと「私」がいうと「先生」は「しばらく沈吟したあとで」こう語った。「何うも君の顔には見覚がありませんね。人違ぢやないですか」。

そう言われて「私」は、失望を隠せない。

しかし、このとき驚いたのは「先生」だろう。「私」によって何気なく言い放たれた質問が、自身のこころの奥にも存在していることに、「先生」は、はっきりと気づかされたからである。

墓石に刻まれた暗号

興味や関心から他者について知りたいと思うことは誰にでもある。そうしたとき私たちは、機会を見つけて、相手の人生で起こったことなどを聞き出そうとする。いつ、どこで生まれ、何を学び、どんな趣味、嗜好をもっているかについての情報を集めようとする。

いっぽう、こうしたこととはまったく異なって、何か得体の知れないものに突き動かされ、できるならその人の心に直にふれたいという、衝動にも似たものを感じることもある。

「私」が「先生」に抱いたのは明らかに後者だった。「私は最初から先生には近づき難い不思議があるやうに思つてゐた。それでゐて、何うしても近づかなければ居られないといふ感じが、何処かに強く働らいた」(六)と小説には記されている。

「私」は「先生」について知りたかったのではない。「先生」を、知りたかったのである。「先生」の周辺にあるものを知りたかったのではなく、「先生」の核というべきものにふれたかったのである。

「私」は「先生」の妻と話す機会も少なからずあった。「先生」について知りたいなら、そうした機会に話を聞き出すこともできたのである。だが、そうした選択は「私」には浮かんでこない。

また、「私」の心情を傍証するように、「先生」に関する情報は、読者である私たちにもほとんど知らされていない。「私」の態度は「先生」の没後も変わらなかったのではあるまいか。

もう一点、考えなくてはならないのは、「私」がふれたいと願ったのは、「先生」の隠れた姿というより、じつは「私」自身の内奥だったのではないか、という問題だ。人は、隠れた自己に出会いたいという衝動を他者に向けることがある。ことに青年にはそうした傾向は少なくない。

自分とは何かを知りたくて、強く魅せられている相手の心にふれたいと思う、人間にはそうした反射運動のような自己認識の道程がある。そうでなければ精神的な師弟の関係が、人生の根幹を揺るがすような強さで私たちを動かすことはないだろう。師の心にふれることで弟子は、自らの内にも心と呼ぶべき情動の源泉が存在していることを知るのである。

「先生」と自己との判別が難しくなる、そんな日々を送りながら「私」は、次第に「先生」とのあいだに見えない壁のようなものを感じ始める。「先生」の懐の奥深くに飛び込むことができないと不安を抱き始める。

しかし、「私」はひるまない。だからこそ彼は、「先生」が自分でも見ないようにしていた、心の片隅の光景までも見通してしまうことがある。

出来事は、「私」が墓参にいった「先生」を追いかけたときに起こった。

私は私が何うして此所へ来たかを先生に話した。

「誰の墓へ参りに行つたか、妻が其人の名を云ひましたか」

「いゝえ、其んな事は何も仰しやいません」

「さうですか。――さう、夫は云ふ筈がありませんね、始めて会つた貴方に。いふ必要がないんだから」

先生は漸く得心したらしい様子であつた。然し私には其意味が丸で解らなかつた。

先生と私は通へ出やうとして墓の間を抜けた。依撒伯拉何々の墓だの、神僕ロギンの墓だのといふ傍に、一切衆生悉有仏生と書いた塔婆などが建てゝあつた。全権公使何々といふのもあつた。私は安得烈と彫り付けた小さい墓の前で、「是は何と読むんでせう」と先生に聞いた。「アンドレとでも読ませる積でせうね」と云つて先生は苦笑した。（五）

冷静を保ちつつも「先生」は、誰の墓であるかを妻はあなたに話したのか、と尋ねる。この一節を繰り返し読んでいると、「先生」の冷徹そうな面持ちと共に烈しくなる心拍の音が聞こえてくるようだ。このときが「K」をめぐって「先生」が「私」にその存在を打ち明ける契機ではあった。しかし、二人の間にはまだ告白を分かち合うような準備が整っていない。

「先生」は、「私」を信頼していないのではない。もしそう思うなら「先生」は「私」を遠ざけていただろう。語るつもりのなかった自身の秘密を語る、そんな予想もしなかった力を「先生」は奮い立たせることができない。だが、理由は「私」の方にもあった。「私」は墓所の意味をまったく理解していなかったからである。

このとき「私」は、気軽に、もしかしたら楽しげに、見たことのない花の名前を訊ねるように「安得烈」の読み方を「先生」に訊ねたのかもしれない。少し大きな声で、打ち解けるような素振りで「先生」に話しかけたのかもしれないのである。

「私」は、近くに誰もいない場所で「先生」を独占していることが愉快だったのだろう。だが「先生」の心情は、そうした「私」の小さな興奮とはまったく異なる様相をしていた。

イサベラ、神僕ロギンの文字は、死者がキリスト教徒であることを示している。だが、「私」にとってはそれはほとんど問題ではない。どこか滑稽にすら見える文字を「先生」との会話のきっかけにしたに過ぎない。

この光景は、実際に漱石が見たものだった。日記にもそのことが記されている(大正元年十一月二十九日)。前年に亡くなった五女ひな子の墓参をしたときのことだった。

「安得烈」という見なれない表記を前に、何と読むのかと尋ねる「私」に「先生」は、「アンドレ」と読むのではないかと苦々しく笑いながら答える。アンドレ――「アンデレ」ともいう――は、キリストの十二弟子の一人、ペトロと共に最初期にイエスに従った者である。

「先生」が苦笑しているのは、「安得烈」の表記が奇妙だからではない。墓所にいるにもかかわらず、何か珍しいものにふれ、好奇心を働かせることしか知らない「私」の、若さゆえの無遠慮な態度を前に苦笑いをするほかなかったのである。

キリスト教徒は洗礼を受けると霊名というもう一つの名前を受ける。

Otは自分をパウロと称した、彼はその傾向が文学的であった、ガマリエルの弟子の名が自分に非常に似合うと考えた。（中略）Tはフレデリック、Aはエドウィン、Hはチャールス、Mはフランシス、そして余はヨナタンと名づけた。（鈴木俊郎訳）

内村鑑三の『余は如何にして基督信徒となりし乎』にある一節である。「Ot」は、太田稲造、のちの新渡戸稲造である。「M」はのちに植物学者となる宮部金吾、内村は、この本を出すときも匿名でヨナタンXと名乗った。それは仮の名前ではない。キリスト者になるとは、新しく生まれ直すことにほかならない。霊名はいわば、新しき名だ。

その人の信仰生活が深化すればするほど霊名との関係も深くなる。霊名の存在は何かの理由で、「先生」にも切実な感情を抱かせるものだったことがここでは暗示されている。

そうしたただならぬ「先生」の様子にふれ、「私」も場の空気の異変に気がつく。

先生は是等の墓標が現はす人種々(ひとさまざま)の様式に対して、私程に滑稽もアイロニーも認めてないらしかつた。私が丸い墓石だの細長い御影の碑だのを指して、しきりに彼是云ひたがるのを、始めのうちは黙つて聞いてゐたが、仕舞に「貴方は死といふ事実をまだ真面目に考へた事がありませんね」と云つた。私は黙つた。先生もそれぎり何とも云はなくなつた。（五）

「先生」は死者となった「K」という不可視な隣人との関係をはっきり感じているが、「私」の目には「先生」しか映っていない。墓所が、時空を超えて生者と死者が語り合う場所であることを「私」はまったく理解していない。

「私」の目は、墓所の内側に注がれることはなく、そこに記されている見なれない文字に、いたずらな興味をもって眺めている。だからこそ「今度御墓参りに入らつしやる時に御伴をしても宜ござんすか。私は先生と一所に彼所いらが散歩して見たい」という言葉が口を突いて出てしまう。

このとき「先生」の血液は、わずかだけ逆流したかもしれない。「先生」は「私は墓参りに行くんで、散歩に行くんぢやないですよ」と応える。だが、「私」は「先生」の心情の変容にまったく気がつかない。

「然し序でに散歩をなすつたら丁度好いぢやありませんか」

先生は何とも答へなかつた。しばらくしてから、「私のは本当の墓参り丈なんだから」と云つて、何処迄も墓参と散歩を切り離さうとする風に見えた。私と行きたくない口実だか何だか、私には其時の先生が、如何にも子供らしくて変に思はれた。私はなほと先へ出る気になつた。

「ぢや御墓参りでも好いから一所に伴れて行つて下さい。私も御墓参りをしますから」

実際私には墓参と散歩との区別が殆んど無意味のやうに思はれたのである。すると先生の眉がちよつと曇つた。眼のうちにも異様の光が出た。それは迷惑とも嫌悪とも畏怖とも片付けられない微かな不安らしいものであつた。私は忽ち雑司ヶ谷で「先生」と呼び掛けた時の記憶を強く思ひ起した。二つの表情は全く同じだつたのである。（六）

このとき「先生」の眼のうちに顕われた「異様の光」の意味を「私」が理解するのに、どれほどの歳月が必要だったのだろう。この「光」は、「私」が「先生」から教えられた無言の叡知ではなかったか。「光」は、目に見えるものだけで世界を了解してはならない、と若者の魂に直接語りかけたのではなかったか。

先章で「私」が「先生」をめぐっていつ語り始めたのかが、『こころ』という小説に潜んでいる、もっとも大きな問題の一つであると述べた。そう感じるのはこうした場面にふれるときだ。

ある出来事に遭遇する。しかし、それが血肉化され、さらに告白に至るのには短くない歳月を要する。その事実を「先生」の生涯が示している。

十九世紀カトリックの改革運動において甚大な働きをした、ジョン・ヘンリ・ニューマンという司祭であり哲学者がいる。彼が不可視な世界からの使者である天使をめぐって次のように語っている。
「天使はわれらの間にある(Angels are among us)　これを看過して一切を自然法則をもって説かんとするは罪である」(吉満義彦「実在するもの」より)。ニューマンにとって死者は天使の世界に生きる者でもあった。

「先生」にとって墓所は、死者との待ち合せ場所のようなものだった。彼は「K」と二人で語り合う場所に無意識に割り込もうとする「私」に小さくない違和を感じている。しかし、未だ死者との交わりを切実に希求したことがないであろう若い「私」を責める気にもならない。だからこういうほかなかった。

「私はあなたに話す事の出来ないある理由があつて、他と一所にあすこへ墓参りには行きたくないのです。自分の妻さへまだ伴れて行つた事がないのです」(六)

「先生」は、独りにして欲しいと言ったのではない。あなたの眼には映らない、私の不可視な隣人と「二人きり」にして欲しいと語ったのである。

恐怖と畏怖

「恐れ」と「畏(おそ)れ」は、あるとき判別できないほど混沌とした情感となって私たちに迫りくる。ことに目に見えないものに接したとき、そうした心持ちに圧倒される。『新約聖書』で天使が顕われるとき、恐れなくてよい、と呼びかけるのも、そうした人間の心情を理解しているからだろう。

私たちは死者を恐れる。死者などいないと大きな声で語る者の姿を見ながら感じるのは、死者を実在のように語る者たちを諫める意志よりも、その人物に内在する恐れのように思われることがある。

だが、年齢を重ね、大切な人を喪(うしな)う経験に一度ならず遭遇すると、死者の存在は、恐怖の対象ではなくどこか身近なもののように感じられてくる。たとえ、神仏は信じることができないと語る者でも、死者を感じる自分を否めないのではないだろうか。

他者に、死者など存在しないと言われても、己れの実感は動かない。否定する言説に反論しようという気持ちも起こらず、自らの思いを他者に同感してもらいたいという思いもほとんど湧いてこない。そもそも、死者の実在の是非は論議の末に証明するというたぐいの問題ではない、とひとりで思いを深めている。「先生」の「K」に対する心持ちもこれに類したものではなかっただろうか。

「私」と出会ったころはもう、「先生」は死者となった「K」を恐れてはいなかったように感じられる。そうでなければ墓所へは行かない。

確かに、亡くなったばかりの頃、「K」は「先生」にとって恐れの対象だったのかもしれない。しかし、あるときからこの友人は、かけがえのない、畏怖と畏敬をささげるべき存在になっていったのではなかったか。長い年月にわたる墓所での密やかな会話が、二人の関係を徐々に変えていったように思われる。

学生時代のころ、深層心理学者である河合隼雄の本を読んでいたら、「話す」という行為をめぐる示唆的な言葉に出会った。出典はあいまいなのだが、その言葉はそのときから脳裏を離れない。

人が他者に「話す」という行為は、語られていることがどんな事象であれ、そのとき、その人にとって内心に収めておくには大きい問題であることを表わしている。このことをカウンセラーは知っておかなくてはならない、と河合はいう。さらに聞く者は、何が語られているかだけでなく、語らなくてはならないという、その人の心のありように寄り添わなくてはならないとも語っていた。

だが、このことは心理療法家である河合の権威によらずとも、私たちの日常を静かに顧みてみればそれが否みがたい事実であることはすぐに分かる。

「先生」は「私」に出会うまで「K」に関することを誰にも明かさなかった。だが死を決した彼は、語り得ることのすべてを、声によって「話す」のではなく、文字にして、「私」に書き残した。

もし河合の言葉が正しければこの事実は、「先生」の「K」の死をめぐる認識が大きく変化したことの証左だということになる。

人は、思ったことを書くだけではない。それだけならメモに過ぎない。電話番号をメモする。それはだれが書いても基本的に記述内容に変化はない。だが、書くことにおいては、それとまったく異なる現象が起こる。人は、自ら認識していることを書くのではない。むしろ、書くことで何を認識しているかを確かめるのである。さらに言えば、書くことによってしか知り得ないことが、人間にはある。

「先生」は、「私」に「K」をめぐる出来事を話したいと思った。しかし、何をどう話すべきかが分からない。それを確かめるために「先生」は、あの長大な遺書を書かねばならなかった。

同質のことは「私」をめぐっても起こっている。『こころ』という小説の語り自体が、「私」の遺書だとは言わないまでも、重大な「告白」であることは論を俟たない。しかし、そこには、かつての「私は若かった」と語るに充分な沈黙の時間があるのである。

だが、沈黙の深層にふれるためにもまず、私たちは「先生」と「K」の言葉を味わってみなくてはならないのだろう。

あるとき「先生」は、「私は淋(さび)しい人間です」と「私」に語りかけ、あなたもそうなのではないか、と問いかける。

「私は淋しい人間ですが、ことによると貴方も淋しい人間ぢやないですか。私は淋しくつても年を取つてゐるから、動かずにゐられるが、若いあなたは左右は行かないのでせう。動ける丈動きたいのでせう。動いて何かに打つかりたいのでせう。……」

「私はちつとも淋しくはありません」

「若いうち程淋しいものはありません。そんなら何故貴方はさう度々私の宅へ来るのですか」

此所でも此間の言葉が又先生の口から繰り返された。

「あなたは私に会つても恐らくまだ淋しい気が何処かでしてゐるでせう。私にはあなたの為に其淋しさを根元から引き抜いて上げる丈の力がないんだから。貴方は外の方を向いて今に手を広げなければならなくなります。今に私の宅の方へは足が向かなくなります」

先生は斯う云つて淋しい笑ひ方をした。（七）

ここでの「淋しい」人間とは、物理的に孤独であるよりも、心を開いて語り合う相手が存在しない、ということだろう。

淋しいと感じることと日常が充足していることは矛盾しない。人は、幸いを感じつつ、心の深みに淋しさを抱えている。むしろ、それが私たちの日常なのではないだろうか。語りたい相手が、この世の人ではない場合、こうした心情はむしろ、自然なことだ。

「先生」は自らの妻と出会え、今も二人で暮らしている。だが、その日常を照らし出す光は、彼の内心にある原罪のようなものにも注がれている。

また「先生」は、人は若いときほど淋しいものだという。確かに年を重ねることで「先生」は、語らずに過ごす日常を生き得るようになっていった。

「私」と出会った頃の「先生」にとって対話の相手は必ずしも生者ではなくてもよくなったのだろうし、彼は、いつしか自分自身と対話する術も身につけていった。

さらに、「先生」が「私」にした、いずれ自分のところには来なくなるとの予言めいた言い方には、「先生」の諦念とは違う、何か畏怖のような情感がうごめいているようにも読める。

もし「先生」が、本当に「私」がいずれ来なくなると感じているのであれば、先のようなことは言わない。河合の言葉が正しければ、そういうことになる。

このとき「先生」はすでに、これまでの日常とは異なる出来事が自分の身の上に起こり始めているのをひしひしと実感している。

これまでは「K」とのことも黙っていられた。しかし、どこからか「私」という人間がやってきてその秩序を打ち破ろうとしていることに「先生」は目を閉ざしていることができない。

冷静に語っている者の心が平静であるとは限らない。このとき「先生」が、恐怖とも畏怖とも判別がつかない思いに脅かされていたとしても驚かない。

小説を読む醍醐味が、もし物語の筋を追うことであるなら、『こころ』は成功していない。始まってほどないところですでに「先生」が、若き日の恋愛に関係することが原因で、そして、そのことを誰にも語らないまま、自ら命を絶ったことがはっきりと読者に知らされるのである。

> 先生は美くしい恋愛の裏に、恐ろしい悲劇を持つてゐた。さうして其悲劇の何(ど)んなに先生に取つて見惨(みじめ)なものであるかは相手の奥さんに丸で知れてゐなかつた。奥さんは今でもそれを知らずにゐる。先生はそれを奥さんに隠して死んだ。先生は奥さんの幸福を破壊する前に、先づ自分の生命を破壊して仕舞つた。
>
> 　私は今此悲劇に就いて何事も語らない。其悲劇のために寧(むし)ろ生れ出たともいへる二人の恋愛に就いては、先刻(さっき)云つた通りであつた。二人とも私には殆んど何も話して呉(く)れなかつた。奥さんは慎みのために、先生は又それ以上の深い理由のために。（十二）

ここで「私」が、「K」を交えた「先生」と「奥さん」との恋愛を「美くしい」と表現しているのを見過ごしてはならないだろう。

これはもちろん、「うつくしい」と読むべきなのだろう。だが、「古語では「愛し」を「かなし」と読み、更に「美し」という文字をさえ「かなし」と読んだ」（『南無阿弥陀仏』）と柳宗悦(むねよし)が書いているように、「美しい」と書けば「かなしい」とも読める。大切な人を喪ったときに生まれるのは「悲しみ」

だけではない。そこには深い情感が生まれ、そうした思いの奥には真に美しい光景が広がっている、というのである。

『こころ』は、謎の多い作品で、読書好きの仲間とこの小説をめぐって言葉を交わすのはじつに興味深い。この作品をめぐっては、一度ならず講演をし、読み解きの連続講座も行った。

専門家ではない市井の読者には、定説を打ちたてようなどという野心はないから、皆、「正しい」読みという幻想から離れて、それぞれの思いを自由に語る。あるとき、「先生」はいつ死んだのか、という話になった。遺体は出てこない。「先生」は、本当に死んだのだろうか、と語り出す人もいた。

遺書を書き、家を後にしたのは間違いない。だが、「先生」が亡くなったという根拠はたしかに、「先生は奥さんの幸福を破壊する前に、先づ自分の生命を破壊して仕舞つた」という先の一節のほかにはない。「私」が、「先生」の亡骸を確かめた、という発言も書かれていない。

しかし、ここでもっとも重要だと思われるのは、「今此悲劇に就いて何事も語らない」という「私」の発言だろう。

「私」は、「先生」という人間が存在したことを私たちに語り残そうとしているが、彼が知り得ることのすべてを語るつもりは、最初からない。そうした彼の覚悟にも似た思いと共に「先生」が「自分の生命を破壊して仕舞つた」という言葉を読むとき、そこには詳細に語られる以上の現実が潜んでいることが暗示されている。

「先生」亡き後、「私」がしばしば「奥さん」を訪れていることも、先の一節は物語っている。また

「私」が、かつて「先生」がそうしたように、決まった日に「先生」を墓所に訪ねている様子も、私にはまざまざと浮かんでくる。そこで「私」は「先生」に、かつてあなたが言ってくれたように私も「淋しい」人間だと、耳には届かない声で語りかけたのではないだろうか。

罪と恋

英語では「罪」をsinとcrimeとに分ける。前者は信仰上の罪、後者は犯罪行為としてのそれである。後者を犯したとき、前者の領域にふれることは珍しくない。だが前者は、必ずしも後者に結びつくとは限らない。それぱかりか前者の罪は、いつどこで起こっているのか、他者にも、自分自身の眼にも分からないことが少なくない。

二つの「罪」の相違を如実に示す出来事が、「ヨハネによる福音書」にある「姦通の女」をめぐる話である。

律法学者とファリサイ派の人々が、姦通の現場で捕らえられた女を連れてきて、真ん中に立たせ、イエスに言った、「先生、この女は姦通をしている時に捕まったのです。モーセは律法の中で、このような女は石を投げつけて殺すようにと、わたしたちに命じています。ところで、あなたは

どう考えますか」(8・3-5)

こう尋ねられるとイエスは、だまって問いに答えず、地面に何か文字らしきものを書き始めた。それでも彼らは畳みかけるように執拗に問いを続ける。するとイエスはこう言う。「あなた方のうち罪を犯したことのない人が、まずこの女に石を投げなさい」(8・7)、そう言うと再び地面に何かを書き始めた。

ここで「罪」と訳されている言葉は、原語であるギリシア語では hamartia と書く。語源では的を射外した状態を指す。sin は語感として、日本人が考える罪悪よりも過誤により近い。また、イエスが「心の中で」と語っているように sin は、罪の現場が外界だけでなく内界にまで及ぶところに、crime との決定的な差異がある。

「罪」、『こころ』の表記に従えば「罪悪」は、この小説を読み解く、重要な鍵語の一つだ。そして、この小説が、作者が意図したよりもずっと、キリスト教と深い関係をもっていることを示している。

先に見た「ヨハネによる福音書」に類似した話は「マタイによる福音書」にもあって、ここでのイエスは、姦淫してはならない、という律法は生きている。しかし、「情欲を抱いて女を見る者は誰でも、心の中ですでに姦淫の罪を犯したことになる」(5・27-28)と語る。具体的な行為に及ばなくても、性欲をもって女性を見つめるという想念の行いもまた、罪と呼ぶに値する、というのである。このイエスが語り始めた内なる罪、その実感が『こころ』で描かれている「罪」と激しく共振する。

ある「花時分」のとき、「私」と「先生」は、美しい男女が寄り添って桜の下を歩くのを見る。すると「先生」は、「新婚の夫婦のやうだね」と言う。「私」は「仲が好ささうですね」と応じる。すると「先生」は「私」に、「君は恋をした事がありますか」と尋ねる。「私」は、ない、と答える。恋をしたくありませんか、との「先生」の問いに「私」は答えない。すると「先生」は「したくない事はないでせう」と言葉を重ねる。「私」は「えゝ」と答える。

すると「先生」は突然、「君は今あの男と女を見て、冷評（ひやか）しましたね」、と見方によっては鋭利とも非難とも受け止められる言葉を「私」に投げかけるのである。「私」は、自分が何を言われているのか、まったく分からない。「先生」は、こう続けた。


「あの冷評（ひやかし）のうちには君が恋を求めながら相手を得られないといふ不快の声が交（まじ）つてゐませう」

「そんな風に聞こえましたか」

「聞こえました。恋の満足を味はつてゐる人はもつと暖かい声を出すものです。然し……然し君、恋は罪悪ですよ。解（わか）つてゐますか」

私は急に驚ろかされた。何とも返事をしなかつた。（十二）

このときほど「私」は、自分と「先生」との間に壁を感じたことはなかったかもしれない。「先生」はもともと、自分から両手を開いて他者を迎え入れるような人間ではない。だが「私」だけ特別で、訪れる「私」を出迎えないまでも、門を開いておくくらいの間柄にはなっていた。

しかしこのとき、「先生」と「私」は別世界にいる。二人の間には開かずの扉がある。そこには「恋」という文字が記されてあり、それは見る場所を変えれば「罪」とも読める。

「私」の口から言葉がでないのは当然だろう。「私」は、自分はひやかしたわけではない、格別の共感を得られなかっただけだ、と言い返したかったかもしれない。

だが「先生」は、恋の相手がいない「私」の声を聞き、何かを断定するように、今の生に充実を感じることができない恨みすらあると言う。そればかりか、恋をしなくてはならないというならまだしも、恋は罪悪である、とまでいうのである。

このとき「私」の耳には、恋とは、生物であるヒトが、人間になるために、ひとたび犯してみなければならない「罪」である、とすら聞こえたかもしれない。

先の発言に続けて「先生」は「私」に、自分とこうしているのも「恋に上る階段」であり、いずれ訪れる異性との出会いまでの間、「まづ同性の私の所へ動いて来た」に過ぎない。遠からずあなたは自分のもとを去る、とも言った。

「孤独」とは、こうしたときに感じる情感ではないだろうか。集団から離れるのは「孤立」だが、大切に思う他者との間に埋めがたい溝を実感するとき、人は孤独を感じる。

誰も自分を理解してくれないという状況をしばしば孤独と表現することもあるが、状況をよく眺めてみると孤立に近い場合も少なくない。

先に引いた『新約聖書』の一節にあった女性が感じているのも、孤独であるよりは孤立だろう。彼女はそもそも律法学者やファリサイ派を仲間だと感じたことなどなかった。集団的意味での孤立は、彼女の日常だった。このとき彼女が強いられているのも、彼女の生活が行われている日常世界から戒律による宗教的世界へと引きずり出されることだった。そして、そこでも誰にも助けてもらえないという孤独を経験することだった。自らが犯した「罪」によって神にすら見放されるのではないかという、戦慄を呼びさます孤独、これ以上の「罰」は無いようにすら感じられる。

だがイエスは、彼女を孤独にはしなかった。「誰もあなたを罪に定めなかったのか」と語った後、イエスは女性にこう語った。「わたしもあなたを罪に定めない。行きなさい。そしてこれからは、もう罪を犯してはならない」(8・10‐11)。イエスは、罪は内心で生起する以上、心の在り方によって罪の意味は変貌する、というのである。このときイエスは、女性に罪を許す、とは言わない。そうではなく自分も「罪」に定めない、と語りかける。

姦淫は、律法に反する宗教上の罪だが、イエスはその掟をこの女性の上には適用しない。女性は石打による処刑の手前まで行った。イエスの前に出されたときはおびえきっていたかもしれない。イエスはそうした姿を見て、彼女の「罪」はすでに、「罪」のかたちをしていない、と感じたのである。そして、これからは「罪」を犯してはならない、とだけ言い添える。

漱石の文学とキリスト教をめぐる論考はこれまでにも複数ある。だが、漱石の作品、聖書、両方の言葉を主体的に引き受けて、その意味の深みへと入ろうとした試みは稀なように感じられる。そうした場所でキリスト教として語られる文言は、しばしば世に流布している「キリスト教的」なものであって、論者がその生涯でつかみとった言葉ではなかったようにも思われる。

だが、そのなかで例外的なのが滝沢克己である。西田幾多郎に学び、師の勧めで二十世紀最大の神学者カール・バルトのもとで学んだ哲学者であり、キリスト者でもある。『夏目漱石の思想』の「はしがき」で滝沢はこう述べている。

どちらかというと、漱石はキリスト教が嫌いだった。というのが言い過ぎだとしても、できるだけ偏見を去ってこれに接しようと努めたにもかかわらず、生涯親しむことができなかった。ところが、かれの産み出した作品はしばしば、ほかならぬ聖書との、驚くべき呼応関係を示している。

この本で彼は、漱石の言葉をいくつも引きながら、なぜ、漱石がキリスト教に好感を持つことができなかったのかを論証しようとする。だが、なかなかうまくいかない。この問題はもともと、証拠となるような言葉を積み重ねた先に明らかになるものではない、一種の肌感覚のようなものであることを滝沢も感じている。

そして彼はついに宣教師たちの「自分の言うことを聞きさえすれば、また聞くことによってのみ、お前は幸福になることができるという恐るべき自惚れ」を漱石が受け入れることができなかったと書くのだった。

論拠は充分ではないかもしれない。しかし、その感覚はじつに鋭敏で精確だと筆者は思う。同様の言葉は同時代の著作に見ることもできる。内村鑑三はもちろん、新渡戸稲造の『武士道』の序文にもある。キリスト者ではない岡倉天心の『茶の本』の第一章にすら「キリスト教の宣教師は与えるために行き、受けようとはしない」との端的な、しかし、鮮烈な言葉がある。これらも滝沢の思いが時代的な事実であることを傍証している。先の一節に滝沢はこう続けた。

むろん、漱石がこれらの作品を書いたとき、福音書のことなどは、全然かれの念頭になかったであろう。それだけに、単にその実質的内容においてのみならず、時として物語の筋道や言葉の端々に至るまで、紛れもない共鳴関係が見出されるということは、ますますもって驚くべき現象なのである。(『夏目漱石の思想』)

福音書と漱石の作品は、言葉を媒介とせず、実感によって響き合っている。その分だけつながりもいっそう深い、というのである。

恋は罪悪である、と何の説明もないままでは容易に受け止められない、呪文のような言葉を投げかけた後、「先生」は、そこにいっそうの謎を重ねるように、次のように「私」にむかって言い放つのだった。

「又悪い事を云つた。焦慮せるのが悪いと思つて、説明しやうとすると、其説明が又あなたを焦慮せるやうな結果になる。何うも仕方がない。此問題はこれで止めませう。とにかく恋は罪悪ですよ、よござんすか。さうして神聖なものですよ」

私には先生の話が益解らなくなつた。然し先生はそれぎり恋を口にしなかつた。（十三）

罪が存在するのは、その背後に神聖なるものがあるからだ。回心は、信仰の世界では内的革命といってよい出来事だが、それは「罪」の世界から「聖なる」世界へと向き直ろうとすることである。

さらにいえば、回心が起こるところには何か、きっかけとしての「罪」がある。認識されていない罪への目覚めがあり、人は、いつでも罪を犯し得る、という自覚が芽生える。罪こそが聖性の扉になる。それは「先生」の実感でありながら、同時にキリスト教の根底を流れる霊性なのである。

これらのことが『こころ』と無関係ではないことを、これから私たちは読み進めていくことになる。

思想家の自信

「先生」は、容易に人を信用しない。それは彼の他者への猜疑心のためではなかった。ここでの「人」は、他人であるよりも「先生」の場合、信用できないのはまず、自分自身だった。

しかし若い「私」は、自己への不信という試練を理解できない。あるとき人を信用しないと語る「先生」に向かって「私」は、「ぢや奥さんも信用なさらないんですか」と聞き返す。「先生」はその問いにこう応じた。

「私は私自身さへ信用してゐないのです。つまり自分で自分が信用出来ないから、人も信用できないやうになつてゐるのです。自分を呪（のろ）ふより外（ほか）に仕方がないのです」

「さう六づかしく考へれば、誰だつて確かなものはないでせう」

「いや考へたんぢやない。遣つたんです。遣つた後で驚ろいたんです。さうして非常に怖くな

つたんです」(十四)

ここに深層意識という言葉は記されていないが、読む者には心の深淵を感じさせる。意識の統制の及ばない、心理という言葉では捉えきれない、「こころ」としか呼びようのない領域があることをまざまざと浮かび上がらせている。

「先生」は思想家である。それは比喩でも筆者の見解でもなく、「私」は「先生」の境涯をそう語り、「先生」自身も自らを「思想家」と称している。

「思想家」という表現は、作品中に頻出するわけではなく、むしろ少ない。しかしそれは、決定的な重みをもつ。「私」は「先生」の精神にふれた実感を述べつつ、何か荘重な思いすら込めつつ、「思想家」という言葉を用いている。

私の眼に映ずる先生はたしかに思想家であつた。けれども其思想家の纏(まと)め上げた主義の裏には、強い事実が織り込まれてゐるらしかつた。自分と切り離された他人の事実でなくつて、自分自身が痛切に味はつた事実、血が熱くなつたり脈が止まつたりする程の事実が、畳み込まれてゐるらしかつた。(十五)

ここでの「思想家」とは、知識や情報といった「頭」で何かを語る人ではなく、「血」によってそれを生き、体現する者の謂いであるらしい。ここで「私」が用いる「血」という言葉は、のちに見ることになる「先生」の遺書において、きわめて象徴的な意味を持つ一語になる。

イエスは世を祝福する行為として、最後の晩餐で自らの血と肉の象徴であるパンとぶどう酒を弟子たちに与えた。後の章でふれることになる「先生」の遺書で描かれる「血」は、それを思わせるような高次な意味すら蔵している。

だが、ここでの「血」は語感が異なる。それは「福音書」よりもニーチェの『ツァラトゥストラ』にある次の言葉を想起させる。

いっさいの書かれたもののうち、わたしはただ、血をもって書かれたもののみを愛する。血をもって書け。そうすれば君は知るであろう、血が精神であることを。(手塚富雄訳)

「血」は精神である、とニーチェはいう。ここでの精神は、観念の対極にあるもので、全身全霊というときの「霊」に近似したものだろう。

漱石はニーチェを読んでいる。それも『ツァラトゥストラ』に熱情をもって向き合っている。ニーチェに言及した漱石の作品も複数あって、初期の作品である『吾輩は猫である』(一九〇五—〇六年に執筆)にもすでに、『ツァラトゥストラ』の書名こそ記されていないが、ニーチェの超人に関する記述がある。

『ツァラトゥストラ』をめぐっては、日記にも興味深い事実が記されている。一九〇九(明治四十二)年七月十一日の日記には、「晩、生田長江来。ザラツストラの翻訳の件につき。不明な所を相談」と書かれているのがそれだ。

生田長江(一八八二―一九三六)は、ニーチェ、ゲーテ、トルストイをはじめとした西洋哲学、文学の翻訳者であり批評家、それも近代日本における批評の黎明期に大きな足跡を残した人物でもあった。生田の『ツァラトゥストラ』の翻訳が近代日本に与えた影響は甚大である。そこに漱石が関与していたことは記憶しておいてよい。刊行は一九一一年である。

先に見た日記の記述は、生田と漱石が草稿の段階で翻訳をめぐって言葉を交わしていることを示している。生田が、漱石に読まれることを強く意識しながら翻訳を進めていることは疑いを入れない。漱石と生田は十五歳の年齢差がある。もちろん漱石が目上で、二人は友人というよりは知人だった。先のほかにも生田は幾度も漱石の自宅を訪れている。また、その関係性は小宮豊隆や森田草平のように漱石門下と呼ぶには関係性が異なる。漱石と生田に関しては、荒波力の『知の巨人――評伝生田長江』に詳しい。

「漱石門下」という表現も意味するところがあいまいで、はっきりとした定義があるわけでもない。漱石は弟子を取らなかった。しかし、周囲にはいつも若者がいた。一九〇六年から毎週木曜日の午後に自宅を開放し、自らを慕う若者たちとの時間を過ごし、それが「木曜会」と呼ばれるのだが、ここに出入りしていた人すべてを「門下」と呼べるわけでもない。

だが、小宮や森田、あるいは芥川龍之介のような明らかに漱石と深い交流を持った「弟子」と呼ぶにふさわしい人はいる。この集いは漱石が亡くなるまで続いた。その様子を哲学者の和辻哲郎はこう記している。

私が漱石と直接に接触したのは、漱石晩年の満三箇年の間だけである。しかしそのお蔭で私は今でも生きた漱石を身近かに感じることができる。漱石はその遺した全著作よりも大きい人物であつた。その人物にいくらかでも触れ得たことを私は今でも幸福に感じてゐる。初めて早稲田南町の漱石山房を訪れたのは、大正二(一九一三)年の十一月頃、天気のよい木曜日の午後であつたと思ふ。(「漱石の人物」)

このとき和辻は二十四歳である。「思想」はいかにして後世に伝え得るか、それは『こころ』の根本問題であるといってよい。こうした若者との交わりが、「先生」と「私」の関係に影響しなかったとは考えづらい。

とはいえ、それは木曜会に出入りしていた人に特定のモデルがいるという即事的なことを意味しない。

和辻が晩年に、さらに芥川が最晩年に漱石と知り合ったのに比べれば、生田は古参の部類に入る。森田は一八八一年の生まれで、生田とは学生時代からの友人だった。一九〇七年に森田、生田、さらに川下江村の三人が創作集『草雲雀』を刊行、漱石が序文を書いている。同年に生田は、単著『文学入門』を刊行、ここにも漱石は序文を寄せている。

『こころ』における「思想家」は、思想を表現して生計を立てている者の謂いでは必ずしもない。むしろ、思想を切り売りするような態度とは正反対の生き方を「先生」はしている。

「先生」は定職に就いていない。生活は自身の、そして妻の側の遺産で成り立たせているように文脈からは感じられる。そうした日常を送りながらも「先生」には、自分は「思想家」である、という強い自覚があった。

あるとき「私」が「先生」に、何か重大なことを隠しているのではないかと詰め寄る、すると「先生」は、心の深みから声ならぬ声をしぼり出すようにこう応じた。

> 「あなたは私の思想とか意見とかいふものと、私の過去とを、ごちや〳〵に考へてゐるんぢやありませんか。私は貧弱な思想家ですけれども、自分の頭で纏（まと）め上げた考（かんがえ）を無暗に人に隠しやしません。隠す必要がないんだから。けれども私の過去を悉（ことごと）くあなたの前に物語らなくてはならないとなると、それは又別問題になります」(三十一)

「貧弱な思想家」これがこの作品中、「先生」が自らの社会的存在を定義した、ほとんど唯一の場面である。

「思想家」とは、人の考えを鵜呑みにし、それを再現する者ではなく、自らの人生における切実な経験を、自らの思惟によって深化させる者の呼び名である、と「先生」は考えている。また「先生」にとって思想とは、どうしたら人は自己を信じることができるか、という一点を解き明かしていく営みだったのである。

『こころ』を読み解こうとするとき、「自信」も見過ごすことのできない鍵語のひとつである。優れた作品には奥行きがある。そうした作品には無数の扉があって、鍵語は読者をもう一つ奥の部屋に導いてくれる。『こころ』には、「自信」をめぐって描かれた、次のような場面がある。

> 年の若い私は稍ともすると一図になり易かつた。少なくとも先生の眼にはさう映つてゐたらしい。私には学校の講義よりも先生の談話の方が有益なのであつた。教授の意見よりも先生の思想の方が有難いのであつた。とゞの詰りをいへば、教壇に立つて私を指導して呉れる偉い人々よりも只独りを守つて多くを語らない先生の方が偉く見えたのであつた。
> 「あんまり逆上ちや不可ません」と先生がいつた。
> 「覚めた結果として左右思ふんです」と答へた時の私には充分の自信があつた。其自信を先生は肯がつて呉れなかつた。（十四）

大学で教壇に立つ教師は一人でその場に立つ。外見上は一人だが、実はそこには学校という社会的な組織があり、その歴史に支えられながら授業に臨んでいる。個であるように思われるが、内実は社会的存在としての色彩の濃い、見えない衣装をまとっている。しかし、「先生」は違う。ここには本当の独立がある。真の個においてのみ語られる思想がある、と「私」はいうのである。

先の「先生」本人の発言でも、「思想家」の条件として個の営為であること、そして在野であることが暗に強調されていた。「先生」が考える「思想」とは、個と世界との、固有の絶対的な対峙のなかでのみ行われ得る営為だった。

「自信」の問題からは少し離れるが、ここでも「私」は、「年の若い私」と言い、自分がすでに「若い」という年齢ではないことを匂わせている。このとき「私」がどれほどの年齢であり、また誰に向かって語っているのかは、この作品中最大の謎なのである。

「将来」を感じる

現象的に見ると告白は、突然起こるように映る。だが意識下ではゆっくりと進展し、顕われ出る瞬間を待っている。告白には、それを語ることを逡巡した短くない時間が随伴する。告白は、漸次的営みでもある。それを聞く者は、語られた事実だけでなく、不可避的にその沈黙の歳月を受容することになる。

また、思いを思ったように語るだけが告白なのではない。思ってもみないことを、予想しないことが契機になって語り始めるのが告白なのである。告白とは、単にそれまで誰にも伝えてこなかったことの表現にも留まらない。それは語る本人にとっても、自分が何を語ろうとしているのかを改めて認識する道程になる。

『こころ』は告白の小説である。「先生」が遺書を通じて「私」に告白しただけではない。読者である私たちは、『こころ』の全編が「私」の告白であり、それを読んでいることを忘れてはならないだろう。「私」は単に思い出を語っているのではない。彼もまた、どれほどかの沈黙を経て、それまで誰にも話したことのない師となった人物との出会いと彼の生涯を、語り始めたのである。得体の知れない苦痛が「先生」の心を領していることは、「私」にも次第にはっきりと感じられてくる。その様子を「私」は次のように語っている。

思想家の纏(まと)め上げた主義の裏には、強い事実が織り込まれてゐるらしかつた。自分と切り離された他人の事実でなくつて、自分自身が痛切に味はつた事実、血が熱くなつたり脈が止まつたりする程の事実が、畳み込まれてゐるらしかつた。(十五)

先章で見たように「思想家」は、「先生」自身が自らを語った呼称である。道徳家が必ずしも道徳論に関する著作を持っていなくてもよいように、「思想家」もまた自分の信じるものを書き記さなくてはならないわけではない。人類に巨大な影響を与えた世界宗教、あるいは哲学の始祖となった「思想家」たちは、あえて自ら筆を執ることはなかった。

「私」は「思想家」である「先生」の「血」のうごめきを凝視する。血が熱くなるのは分かる。しかし、「脈が止ま」るとなると、様相はまったく異なってくる。そうしたとき人は当然、胸を強く押さえつけられるように感じ、耐え難い孤独を強いられる。生命の炎が消え入りそうになるとすら感じるのかもしれない。先の言葉に「私」はこう続けた。

是（これ）は私の胸で推測するがものはない。先生自身既にさうだと告白してゐた。たゞ其告白が雲の峰のやうであつた。私の頭の上に正体の知れない恐ろしいものを蔽ひ被せた。さうして何故（なぜ）それが恐ろしいか私にも解（わか）らなかつた。告白はぼうとしてゐた。それでゐて明らかに私の神経を震（ふる）はせた。（十五）

言葉は、私たちの内心のすべてを表現するのに適していない。当然のことだが、言語がすくい上げられるのは、言語表現が可能な事象だけである。告白の言葉は、聞く者にとってはもちろん、語っている本人にもしばしば正体の分からないものとして現出する。告白は重層的な営みだともいえる。

それは顕在的告白と隠在的告白と言い分けられるのかもしれない。顕在的なものは、つねに実在の部分なのである。人は、真剣に語ろうとすることによってのみ、自らの内にある語り得ない隠在的な何かにふれる。

語ろうとしている本人ですら全貌を知らない何かは、他人によってかいま見られるのも容易ではない。それゆえにその秘密は詮索されることもない。

出会った当初、「先生」は自分の身の上を「私」に語りだすつもりなどなかった。「私」の方も関心があったのは「先生」の生活ではない。「先生」の思想であり、信念だった。しかし、二人はいつの間にか告白という出来事のなかに飲みこまれていく。

「先生」は語るはずのなかったことを口にし始め、「私」は詮索する気のなかった「先生」の生活の深層を掘り始めてしまう。先の一節のあとに「私」はこう語る。

私は先生の此人生観の基点に、或(ある)強烈な恋愛事件を仮定して見た。(無論先生と奥さんとの間に起つた)。先生がかつて恋は罪悪だといつた事から照らし合せて見ると、多少それが手掛(てがか)りにもなつた。(十五)

こうした言葉を読むと「私」の存在の働きがいかに強かったかが窺われる。若い「私」の言葉は、必ずしも「先生」の心に届かない。しかし、この若者がほとんど根拠のない親愛と信頼をもって接しているうちに、「先生」の心の周りを固めていた氷が融かされていく。若さゆえのほとばしりでるような威力で、「私」は道のなかったところに道を作り出してしまう。

そうした「先生」の様子は、「私」が知らないうちに掘り上げたトンネルを歩いているようですらある。空洞ができれば風は自ずと吹いてくる。「私」は、ゆっくりとではあるが確実に「先生」を強く告白の場所へと導いていく。

「先生」の恋愛が「事件」であることを感じとってしまった自分の嗅覚を、「私」はのちに悔いたこともあったのかもしれない。「私」が、「先生」を慕うだけのもう少し魯鈍(ろどん)な人間であったら、彼らの人生はずいぶん違ったものになっていただろう。

しかし、それはありえない。運命を感じる「私」の力が、ときに過剰であるがゆえに、彼は海辺の雑踏の中から「将来」の師となる「先生」を見出すことができたのである。

「将来」と未来は同じではない。未来は未だ到来していない時空を指す。しかし、「将来」は違う。それは将に来つつあるもの、「将来」は形を変えた「今」である。

「先生」の告白は、「私」の帰省中に起こった衝動的な出来事ではない。それはすでに、「私」が「先生」と未知なる恋愛事件を結びつけたところに始まっていた。「将来」は今に内在する。「将来」と未来の間に大きな次元的差異があることを論じたのが、漱石の同時代人でもあった哲学者波多野精一(一八七七―一九五〇)だった。彼は主著の一つ『時と永遠』で「将来」をめぐってこう述べている。

永遠性は時間性を克服しつつむしろ完成する。永遠性においては将来と現在と、他者と主体との間柄は徹底的に共同であり従つて内在的である。徹底的内在性は空間性の徹底的克服に外ならぬ。

「将来」は人間に、計測可能な時間とは別な「時」の世界があることを告げている。波多野が他者とわれとの関係が「徹底的に共同であり従つて内在的である」というとき、「他者」が意味するのは生者ばかりではない。むしろ死者である。

死者が「他者」であるなら、内在の経験を深めることは空間的世界観を徹底的に「克服」することにつながることになる。彼の「時」の形而上学の底には、彼自身の伴侶との死別の経験がある。

「先生」が感じていた「時」をこれほど的確に表現した時間を筆者はほかに知らない。「私」が「先生」の告白する言葉に畏怖に似たものを感じるのは、そこに不可視な「他者」を感じるからだろう。「先生」の恋愛が「事件」であれば、「奥さん」はすでに不可避的にその渦のなかに巻き込まれている。「私」は、「奥さん」の言動のなかにも隠された真実へと続く道しるべを感じとるようになっていく。

ある日、「先生」は夜、外出をしなくてはならなくなった。彼は「私」に「奥さん」と一緒に留守番をしてほしいと頼む。二人は、留守番をしていて会話をするほかすることもない。対話が深まるのは当然だった。

「奥さん」は自分と「先生」との間には何か不可視な、それも越えがたい障壁があるのを感じると語り始める。「先生」は世間が、さらにいえば人間が嫌いだ、だから、人間である自分も「先生」に好かれているわけはない、そう語る。

これを聞いた「私」はその思考と認識の力に感心する。「奥さんの態度が旧式の日本の女らしくない所も私の注意に一種の刺戟を与へた」(十八)と「私」はいう。

同じところで「私」は、当時の自分は、「女といふものに深い交際(つきあい)をした経験のない迂闊な青年であつた」(十八)とも述べている。

この頃はそうだったかもしれないが、「先生」のことを語り始めている「私」は違う。彼がこのとき、少なくとも一度は「深い」と感じるような異性との日々を人生で経験していることも逆説的に表現されている。

「私」のような人物、ことに「先生」の恋愛事件の意味を知っている彼が「深い」と語る経験が、短い期間に終わった男女関係とはまったく別種の経験であることはいうまでもない。

「奥さん」の話はさらに続く。彼女は、誰にも言えなかった恐れにも似た不安があると「眼の中(うち)に涙を一杯溜(た)め」ながら話し始める。

「私はとう〳〵辛防(しんぼう)し切れなくなつて、先生に聞きました。私に悪い所があるなら遠慮なく云つて下さい、改められる欠点なら改めるからつて、すると先生は、御前に欠点なんかありやしない、欠点はおれの方にある丈だと云ふんです。さう云はれると、私悲しくなつて仕様がないんです、涙が出て猶(なお)の事自分の悪い所が聞きたくなるんです」(十八)

さらに「奥さん」は、具体的な出来事は告げないまでも、「先生」の親友が亡くなったことも「私」に話してしまう。しかし、ほどなく「先生」が帰ってきて、それ以上の話が語られることはなかった。この日の出来事を改めて語りながら「私」はふと、こんな言葉を残している。

私は其晩の事を記憶のうちから抽(ひ)き抜いて此所(ここ)へ詳しく書いた。是は書く丈の必要があるから書いたのだが、実をいふと、奥さんに菓子を貰(もら)つて帰るときの気分では、それ程当夜の会話を重

く見てゐなかつた。(二十)

当時は「奥さん」の発言の意味が分からなかったというのも、記憶をたぐり寄せて書いているというのもそれでよい。しかしこの一節には見過ごすことのできない大きな問題が示されている。「此所へ詳しく書いた」という「此所」とはどこなのか。私たちは「私」の何を読んでいるのか。

それが「私」の遺書ではない、と断定するものは、この作品にはどこにも記されていないのである。

最初の手紙

手紙を受け取ったときに静かな喜びを感じる。じつに素朴な、簡素な内容であっても、送り主が大切な人の場合、深い愉悦が胸に広がることがある。記された文字を読みながら、私たちはそこに、不可視な文字で書かれた時間を「読んで」いる。この手紙を書いているとき、送り主は自分のことを感じながら書いている。そのことを実感するだけで心が動かされるには充分な理由だろう。

だがそのためには、手紙が行き交う二人の間に、喜びだけでなく信頼と情愛を支えるのに充分な関係がなくてはならない。

「私」と「先生」の間でも、当事者たちも意識されないところで、それまでとは違うつながりが生まれてきつつあった。その存在を彼らは手紙の往復で確かめ合うようになる。

往復とはいえ、「私」が「先生」から受け取った手紙は二通しかない。このことをめぐって「私」はこう語っている。

第一といふと私と先生の間に書信の往復がたび〳〵あつたやうに思はれるが、事実は決してさうでない事を一寸断つて置きたい。私は先生の生前にたつた二通の手紙しか貰つてゐない。其一通は今いふ此簡単な返書で、あとの一通は先生の死ぬ前とくに私宛で書いた大変長いものである。（二十二）

書簡のやりとりが幾度もあったように思われる、と書かれてあるが、この時点まで読み進めてきた読者にそうした実感はとくにないのではないだろうか。「私」自身が、「先生」から受け取った手紙は二通しかないことを頭では理解しつつも、胸にはそれとは異なる衝撃を抱きながら生活したことを、この記述は、図らずも伝えている。

遺書が、かたちを変えた「手紙」であることを考えてみると、『こころ』において、もっとも重要な舞台は手紙であるともいえる。しかし今、私たちが考えようとしている最初の手紙にも遺書とは異なる重要な意味があった。

あるとき「私」は、父親がもともと患っていた腎臓病の経過がよくないのを母親からの便りで知らされ、急遽、故郷に戻る。だが、汽車賃がない。「私」はそれを「先生」から借りようとする。「国から旅費を送らせる手数（てかず）と時間を省くため、私は暇乞（いとまごい）かた〴〵先生の所へ行つて、要（い）る丈の金を一時立て替へてもらふ事にした」（二十一）と「私」は述べている。何気ない記述だが、「私」と「先生」の信頼が、互いのなかで深化していることを端的に示している。

のっぴきならないこととはいえ、金銭の話をするには単に親しいというのには収まらない関係がなくてはならない。のちに「先生」の遺書で知らされるように、「先生」は金銭をめぐって過酷な経験をしてきた。金銭のために縁者を失い、今日のような生き方をする遠因にもなっている。だが「先生」も「私」を前にしたときには、そうした古い感情は湧き上がってこない。

「そりや困るでせう。其位なら今手元にある筈だから持つて行き玉へ」(二十二)といいながらすぐに用立てる。出会った当初、絆が生まれるのにあれほど慎重だった「先生」だが、このときには以前とはまったく異なる心情を「私」に感じているのが分かる。「先生」の心のなかで「私」は、すでに縁者以上の場所を占めていた。金額の多寡は関係がない。「先生」にとって、金銭を貸すとはそれほど重大なことだった。

郷里に到着してみると、父親の容体は心配していたほどではなく、「私」はまず「先生」に向けて手紙を書く。「私は先生に手紙を書いて恩借の礼を述べた。正月上京する時に持参するからそれ迄待つてくれるやうにと断つた」(二十二)と「私」はいう。

このとき「私」は「先生」に金銭を送り返してもよかった。相手が違ったら「私」は必ずそうしただろう。ここにはすでに単に師弟というだけでなく、縁者、さらには家族をも超える関係が醸成されつつあるのを見過ごしてはならない。

「私」からの手紙に「先生」は返事を書いた。込み入ったことが記されているわけではなかったが、受け取った「私」を驚かせ、深く喜ばせる。だがそれは、驚喜というのとは違う、もっと静謐な、「先生」との関係を知らない人には理解されない、「私」だけの愉悦だった。

> 先生の返事が来た時、私は一寸（ちょっと）驚ろかされた。ことにその内容が特別の用件を含んでゐなかつた時、驚ろかされた。先生はたゞ親切づくで、返事を書いてくれたんだと私は思つた。さう思ふと、その簡単な一本の手紙が私には大層な喜びになつた。尤も（もっと）是は私が先生から受取つた第一の手紙には相違なかつたが。（二十二）

「私」は「先生」の手紙の文字を追いながら、その奥にある「先生」からの親切心のようなものを感じ、言語には収まらない心情の交感をはっきりと認識している。

この小説で「親切」という表現はさまざまなところに出てくる。人間の親切心は信じるに値するのかという問いかけはこの作品を貫く主題の一つでもある。それは人を助けるような思いやりを示す表現として用いられることもあるが、深い信頼を示す言葉としても一度ならず書かれることになる。

人間関係の場合、ひとたび離れてみなければ、そこに何があるのかが分からないことがある。離れることでより深く照らし出されるという場合も少なくない。「先生」との死別は、関係の真意を理解し、さらにいえば深化させる契機にほかならなかった、という「私」の告白が『こころ』という小説の核心だろう。

それは「先生」と「K」にもいえる。このときも「私」は、帰省して「先生」と物理的に離れてみることで、この人物の自らへの影響が尋常ならざるものであることを体感することになる。「先生」から離れて郷里にいる「私」にも「先生」はより大きな存在となっていく。それは「存在」というよりも「実在」というべき何かで、目に見えず、手にふれることもできない分だけ、「私」の「こころ」には強い衝撃とともに受けとめられる。

私は東京の事を考へた。さうして漲る心臓の血潮の奥に、活動々々と打ちつゞける鼓動を聞いた。不思議にも其鼓動の音が、ある微妙な意識状態から、先生の力で強められてゐるやうに感じた。(二十三)

異様だが否定するにはあまりに確かな実感を伴う、こうした交わりは、大きな錯覚か、あるいは五感的な常識を超えた、関係の主体双方に感じられる現実かのどちらかだろう。

前者であれば「私」は、こうした記述を残すことはなかったに違いない。「私」は自分の胸の高まりを感じているだけではない。それが「先生の力」によって強められている、と語っている。「先生」の遺書を読む私たちは、ここに記されるよりもいっそう烈しい、そして肉感を伴った表現が「先生」によって何度か繰り返されるのを見ることになる。

キリスト教には代父母という伝統がある。洗礼式の証人となり、信仰上の「父」となることを指す。

映画のタイトルにもなったが「ゴッドファザー」は代父を意味する。それは血縁で結ばれた父子の関係とは別な、名状しがたい縁で結ばれている、いわば魂の血縁を示す言葉でもある。ときに血縁を凌駕する強さで人間同士を引き寄せることも少なくない。「私」が「先生」に感じ始めていたのもこうした関係の引力だった。

物質が引力から逃れられないように、人の心にも強く働き掛ける。「私は心のうちで、父と先生とを比較して見た」と述べ、「私」は、自分と「先生」との間にある働きの正体を見極めようとするのだった。

> 両方とも世間から見れば、生きてゐるか死んでゐるか分らない程大人しい男であつた。他に認められるといふ点からいへば何方も零であつた。それでゐて、此将碁を差したがる父は、単なる娯楽の相手としても私には物足りなかつた。かつて遊興のために往来をした覚のない先生は、歓楽の交際から出る親しみ以上に、何時か私の頭に影響を与へてゐた。たゞ頭といふのはあまりに冷か過ぎるから、私は胸と云ひ直したい。肉のなかに先生の力が喰ひ込んでゐると云つても、血のなかに先生の命が流れてゐると云つても、其時の私には少しも誇張でないやうに思はれた。私は父が私の本当の父であり、先生は又いふ迄もなく、あかの他人であるといふ明白な事実を、ことさらに眼の前に並べて見て、始めて大きな真理でも発見したかの如くに驚ろいた。（二十三）

「思想家」だと自称する「先生」から受けている影響は、頭には注がれない。「胸」に直接流れ込む。その力は「肉」に喰い込み、「私」の血のなかに「先生」の「命」が流れている。

漱石が同時代の日本で繰り広げられていたキリスト教に好感をいだいていなかったのは先にもふれた。しかし、ここで描き出されている「肉」、「血」、「命」という言葉を前にキリスト教を想起せずにいることはできない。

「生きているのは、もはやわたしではなく、キリストこそわたしのうちに生きておられるのです」(「ガラテヤの人々への手紙」2・20)とパウロは書いている。

もちろん、「私」がパウロで「先生」がキリストだというのではない。しかし、この二人の交わりには、宗教的というよりも霊的な、と表現するほかないものがあるのは否めない。

実家に戻っても「私」はそこが自分の居場所ではないように思われる。最初は歓待していた家族の熱も冷めてくる。彼が当たり前のように発する言葉も家族にはある違和を感じさせるものになっていく。

「私は国へ帰るたびに、父にも母にも解らない変な所を東京から持つて帰つた。昔でいふと、儒者の家へ切支丹(きりしたん)の臭(におい)を持ち込むやうに、私の持つて帰るものは父とも母とも調和しなかつた。無論私はそれを隠してゐた。けれども元々身に着いてゐるものだから、出すまいと思つても、何時(いつ)かそれが父や母の眼に留つた」(二十三)と「私」はいう。

「儒者の家へ切支丹の臭を持ち込む」と記されているところにはいくつかの意味が折り重なってい

る。

折り合いをつけることが容易ではないことの表現には違いない。ここでの儒者は、従来の日本の価値観であり、切支丹は、これまでとはまったく異なる世界観を提示する何かを意味する。

だが、それだけならあえて儒者と切支丹という信仰を基盤にした人間のありようを意味する言葉を用いる必要はなかった。「私」は「先生」と出会うことによって、自分のなかに特定の宗派に属する「信仰」とは異なる、しかし、人生観の深みから湧き出るような働きが生まれているのを実感している。こうした抗いがたい心の衝動を鈴木大拙は「霊性」と呼んだのである。

先生の故郷

故郷から帰った「私」と「先生」が話をしているときのことだった。「先生」は「私」に、郷里にいるのは善い人ですかと問いかける。すると「私」は、「別に悪い人間といふ程のものもゐないやうです。大抵田舎者ですから」と応じる。それを聞いた「先生」は、「田舎者は何故悪くないんですか」と畳み掛けるように言葉を継いだ。

「此追窮に苦しんだ」、「先生」は「返事を考へさせる余裕さへ与へなかつた」、と「私」は述べている。「先生」はさらにこう語り出すのだった。

「田舎者は都会のものより、却つて悪い位なものです。それから、君は今、君の親戚なぞの中に、是といつて、悪い人間はゐないやうだと云ひましたね。然し悪い人間といふ一種の人間が世の中にあると君は思つてゐるんですか。そんな鋳型に入れたやうな悪人は世の中にある筈がありませんよ。平生はみんな善人なんです、少なくともみんな普通の人間なんです。それが、いざという間際に、急に悪人に変るんだから恐ろしいのです。だから油断が出来ないんです」(二十八)

誰の眼にも明らかな「悪い人間」など存在しない、そう断じる「先生」がいう対象がいわゆる犯罪者でないことはわかる。少し古い表現では、いわゆる犯罪者は「罪人」で、ここで「先生」がいう「悪い人間」は「悪人」と呼ばれた。

善人が救われるなら、どうして悪人が救われないはずがあろうかと語った宗教者がいた。この人物の出現によって日本は、本質的な意味における宗教改革を経験することになる。親鸞(一一七三—一二六二)である。

『こころ』に「親鸞」という記述は出てこない。しかし、この人物をけっして無視することはできないと思わされる伏線はいくつもある。「先生」の故郷もその一つだ。

「先生」は新潟で生まれ、育っている。読者はそれを「私」の発言を通じて知るのだが、新潟県のどのあたりなのかは示されていない。

新潟県は、縦に長く伸び、北から下越、中越、上越と大きく三つの地域に分かれていて、文化も異なっている。下越と上越では民俗、習慣も他県ほどの隔たりがある。

遺書で「先生」が、幼なじみでもあった「K」との関係にふれ、「私の生れた地方は大変本願寺派の勢力の強い所でしたから」(七十三)と述べているほか格別の情報はない。京都に拠点を置く本願寺には、東と西の二つがあり、ここでいう「本願寺派」とは西本願寺を指す。

新潟県をはじめ北陸地方に親鸞の教えが広まったのには理由がある。この人物が越後の国、国府(現在の新潟県上越市)に流刑になったのだった。

建永二(一二〇七)年のことだった。承元の法難あるいは建永の法難と呼ばれる迫害が、親鸞の師法然とその弟子たちに襲い掛かる。法然の説く浄土教が宮中にまで広がり、それまでの秩序が脅かされるのを後鳥羽上皇が恐れたのである。唯円が作者であるとされる親鸞の言行録である『歎異抄』には、その迫害をめぐって次のような一節がある。


法然聖人ならびに御弟子七人、流罪、また御弟子四人死罪におこなわるるなり。〔法然〕聖人は土佐国番田という所へ流罪、罪名、藤井元彦男云々、生年七十六歳なり。

親鸞は越後国、罪名藤井善信云々、生年三十五歳なり。


法然と親鸞をふくむ七人の弟子は流罪だったが、四人は処刑された。法然は七十六歳、名を藤井元彦に改めさせられる。このとき親鸞は三十五歳、僧籍を剝奪(はくだつ)され、藤井善信と名乗ることになった。

名前を奪われることはその存在を封印されるのに等しい。また、その人物の背景にある歴史あるいは精神風土も否定されたことを意味する。

のちに親鸞は『教行信証』で自らのありようにふれ「非僧非俗」と書いているが、内なる人としては宗教者、しかし社会的には俗人という、これまでにない在野の求道者はこうして誕生した。

親鸞はおそらく、日本宗教史のなかでも容易に類例を見ることのできない知性の持ち主である。そのことは『教行信証』を見るだけでもはっきりとするが、こうした人物が今日私たちの知る親鸞に変貌していったのは越後への流罪が大きな契機になっている。

流された先で彼が出会ったのは、日ごろ文字にふれることなく生活をしている民衆たちだった。こうした人々の心に、いかに阿弥陀のはたらきを送り届けることができるのか。どのようにしたらそれを文字、あるいは難解な教学を介さないで行うことが可能なのか。それがこの日から親鸞のもっとも重大な問いになった。

浄土教には「二河白道（にがびゃくどう）」という教えがある。中国の僧善導（六一三―六八一）が説いたと伝えられる。この世には火の河、水の河という二つの河がある。火の河は、燃え上がる怒りや憎しみを象徴し、水の河は、底知れない貪りや執着を示している。そのあいだに阿弥陀に通じる道、「白道」があり、人は、どちらにも溺れることなく、ひと筋の道を歩かなくてはならないというのである。求道とは、この白い道を渇望し、必死に見出そうとすることにほかならない。

『こころ』には求道という文字は記されていない。しかし「道」は、この小説において重要な鍵語の一つとなっている。

「K」は浄土真宗の寺の次男として生まれ、のちに医者の家に養子に入った。幼いころから彼は「二河白道」をめぐる話を数えきれないほど耳にしただろうし、生家の寺にはその教えを描き出した仏画もあったかもしれない。「K」の養家は彼を医者にするつもりで東京に送り出した。しかし、彼の心を占めていたのは宗教や哲学の問題だった。

彼は「先生」に自分は医者になるつもりはないという。それでは養家を欺くことになるではないかと「先生」がいうと、「K」は「道のためなら、其位の事をしても構はない」というのである。後年、このときのことを回顧しながら「先生」はこう語った。

其時彼の用ひた道といふ言葉は、恐らく彼にも能く解つてゐなかつたでせう。私は無論解つたとは云へません。然し年の若い私達には、この漠然とした言葉が尊とく響いたのです。（七十三）

ここでの「道」はすでに、必ずしも特定の宗派のなかにおいて追求されるものではない。事実、「K」は以後、仏典だけでなく聖書ばかりか『コーラン』さえも手に取ろうとした。ある宗派を土台にしながらも、宗派の彼方に広がる「原宗教」ともいうべき世界を求めようとすること、ここにも流罪以降の親鸞による伝統が生きている。

さて、「先生」の故郷をめぐってずいぶんと遠いところまできたが、「私」は、「先生」の出身地にふれながら、自らの師と呼ぶべき人物との交わりをこう振り返っている。

先生と知合(しりあい)になつてから先生の亡くなる迄に、私は随分色々の問題で先生の思想や情操に触れて見たが、結婚当時の状況に就いては、殆んど何ものも聞き得なかつた。(十二)

浜辺で「先生」の姿を見たことをきっかけに交わりを深め、死別するまでの間にどれほどの年月が過ぎたのか、「私」は明言していない。しかしいくつかの補助線があって、それをたどっていくと、その期間がおぼろげながらに分かってくる。

「先生」が逝ったとき、「私」はちょうど大学を卒業するときだった。当時の高等学校と大学はそれぞれ三年間だった。「先生」の故郷が新潟県であると断る少し前のところで「私」はこんな言葉を残している。

「其時の私は既に大学生であつた。始めて先生の宅(うち)へ来た頃から見るとずつと成人した気でゐた」(十二)。二人がはじめて出会ったとき、「私」はまだ、大学生にはなっていなかったというのである。『漱石全集』で『心』の注解を担当した重松泰雄は、「私」が高等学校に入学したのは一九〇六(明治三十九)年九月、「先生」と出会ったのは翌年か翌々年の夏ではなかったかと述べている。

大学卒業は明治天皇が崩御した年一九一二(明治四十五)年、同じ年に「先生」も逝く。「私」と「先生」のあいだには、四年、ないしは五年ほどの交流があった。また、これらのことを考慮すると「私」は、一八八七(明治二十)年頃の生まれということになるという。

こうした背景をふまえてみると「年輩の先生の事だから、艶(なま)めかしい回想などを若いものに聞かせるのはわざと慎んでゐるのだらうと思つた」(十二)という発言も、よりなまなましく感じられる。「先生」と出会ってほどないとき、「私」は若いというよりも幼かった。

しかし、こう語りながら「私」には別な実感もあった。「先生」も「奥さん」もともに「私に比べると、一時代前の因襲のうちに成人したために、さういふ艶つぽい問題になると、正直に自分を開放する丈の勇気がないのだらうと考へた」ともいう。

さらに「私」は、「先生」夫妻が「艶めかしい回想」をあえてしないのは、二人が結婚するまでの間に「花やかなロマンス」があり、それを語るのにためらいを感じているからではないかと思う。

しかし、真実はまったく違った。むしろ、こうした若い「私」の眼には映らない場所にあった。「私」も後日、自分の未熟さに気がつく。「私の仮定は果して誤らなかつた。けれども私はたゞ恋の半面丈を想像に描き得たに過ぎなかつた」と述べたあと、こう続けた。


先生は美くしい恋愛の裏に、恐ろしい悲劇を持つてゐた。さうして其悲劇の何んなに先生に取つて見惨なものであるかは相手の奥さんに丸で知れてゐなかつた。奥さんは今でもそれを知らずにゐる。先生はそれを奥さんに隠して死んだ。先生は奥さんの幸福を破壊する前に、先づ自分の生命を破壊して仕舞つた。(十二)

「先生」の遺書だけを読んでいると彼がどこで亡くなったのかは分からない。遺書は書いたが「先生」は生きていたのではないかと語る人に会ったこともあるが、それはこの一節によって強く覆される。おそらく「私」は「先生」の亡骸も目にしているだろう。

妻の幸福を破壊する前に「先づ自分の生命を破壊して仕舞つた」という言葉にはそうした出来事があったことを充分に感じさせる力がある。

また、こうした言葉を読むたびに、「私」は、この言葉を誰にむかって書いているのかという問いから離れることができなくなるのは筆者ばかりではないだろう。

一点の燈火

ほとんど感情を露わにしない、そんな内気めいた「先生」に、「私」は深い親しみを感じていた。「私」は「私は先生をもつと弱い人と信じてゐた。さうして其弱くて高い処に、私の懐かしみの根を置いてゐた」(三十)と語っている。

ここにあるのは単なる親近感というよりも他生の縁と言いたくなるような何かだったのかもしれない。そう考えなければ、「懐かしみ」という言葉を用いなくてはならない「私」の心情は理解できないようにも思われる。

あるとき、「私」と「先生」は、金銭をめぐって言葉を交わす。導火線はここにあった。日ごろ静かなはずの「先生」が少し興奮した様子を見せた。この微細な変化を「私」はけっして見過ごさない。「先生」の感情のゆれをめぐって、「私」はこう述べている。

先生の言葉は元よりも猶昂奮してゐた。然し私の驚ろいたのは、決して其調子ではなかつた。寧ろ先生の言葉が私の耳に訴へる意味そのものであつた。先生の口から斯んな自白を聞くのは、いかな私にも全くの意外に相違なかつた。私は先生の性質の特色として、斯んな執着力を未だ嘗て想像した事さへなかつた。私は先生をもつと弱い人と信じてゐた。さうして其弱くて高い処に、私の懐かしみの根を置いてゐた。（三十）

ここで「意味」と語られているものこそ、「私」が捜している「先生」の心の断片にほかならない。「意味」とは、文字通り、「音」となった「心」のさまである。人はそれを「味」わわなくてはならない。眺めているだけでは分からない。

渋いという味を説明することは、極めて困難だが、それを経験した者には一瞬にして了解される。意味とはもともとそうした性質のものなのだろう。「私」が「先生」との間に見出そうとしたのもそうした実感だった。

「執着力」という表現も、今日ではほとんど見られない。それは現代人が使う執着心とは少し異なる響きを持っている。ふつふつと湧くマグマのようなもので、そのうごめきを感じつつ、「私」は、休火山の火口から中を見るように「先生」の心の一端をのぞきこもうとしている。だが、それがどれほど危険なことであるのかをこのときの彼はまだ知らない。

「先生」は前ぶれなく、何か重大な秘密を打ち明けるように自分と金銭との関係を語り始めた。

「私は他に欺むかれたのです。しかも血のつゞいた親戚のものから欺むかれたのです。私は決してそれを忘れないのです。私の父の前には善人であつたらしい彼等は、父の死ぬや否や許しがたい不徳義漢に変つたのです。私は彼等から受けた屈辱と損害を小供の時から今日迄脊負はされてゐる。恐らく死ぬ迄脊負はされ通しでせう。私は死ぬ迄それを忘れる事が出来ないんだから。然し私はまだ復讐をしずにゐる。考へると私は個人に対する復讐以上の事を現に遣つてゐるんだ。私は彼等を憎む許ぢやない、彼等が代表してゐる人間といふものを、一般に憎む事を覚えたのだ。私はそれで沢山だと思ふ」(三十)

思うことを彼がそのまま語らなくなったのは、感情の火が消えたからではない。むしろ、逆だった。怒りと恨みが混ざり合った怒恨の火は、いつしか天をも焦がす炎になっていった。

「先生」は、その業火に「私」を巻き込むまいとしている。燃え盛る炎を消すことができないと分かると彼は、それを取り囲む内なる城砦を作った。そして、人類への復讐のために誰も信じないという道を歩くことにした、というのである。

誰も信じない者が内心を吐露しないのは当然だろう。「先生」が危惧したとおり、この話を聞いた「私」は、言葉を失う。「慰藉の言葉さへ口へ出せなかつた」、と述べるほかなかった。

同時に彼は、自らの内なる炎があまりに大きく、一たび解き放てば、わが身ばかりか周囲を巻き込まずにはいられないことをよく理解していた。燃えているものはのちに、彼の遺書で「血」という言葉で表現されることになる。

しばらくして「私」は、大学を卒業し、父親の容体も思わしくなく、郷里に帰る。このときがこの世の別れになるとは「私」は一瞬たりとも思わなかった。

離れてみると気になるのは「先生」である。返事が来ないことを予期しつつ、「先生」に手紙を書く。書きながら、返事が来ないことを予測し、落胆する。

このとき「私」は、自分の手紙に対する「先生」の意見が聞きたいのではなかった。「先生」が返事を書かなくてはならないような手紙を書いたわけではなかった、とのちに「私」は追想している。彼が望んだのは、返答する必要のないことをめぐっても会話が成り立つ、そんな自然な関係だった。

帰省したある日、明治天皇が亡くなる。そのことを「私」の父親は新聞で知り、「あゝ」と言葉にならない声をもらし、うろたえる。「あゝ、あゝ、天子様もとう〳〵御かくれになる。己(おれ)も……」(四十二)という言葉が続かなかった。

天皇に象徴される時代の火が消えゆくのを嘆いているだけではない。それは自らのいのちを照らし出す灯りの群れが一気に消えるような出来事だった。明治帝とはそうした存在だった。このときも「私」は「先生」に手紙を書こうとする。だが、出せない。

「私」と「先生」のあいだには合理的には説明できない現象がたびたび起こっていることはこれまでにも見てきた。ユングのいう共時性が惹き起こされやすい環境が、知らないあいだに整えられていた。

だが「私」はこのときはまだ、そのことに気がついていない。「先生」と自分とをつなぐ、見えない通路の存在を知らない。「私」の意識は「先生」を強く思うが、その異変を認識するまでには至らない。しかし彼の深層意識は何か常ならぬ出来事を感じとっていた。そうした微妙な心理と認識を漱石は、次のような微細な筆致で描き出す。

私は又一人家のなかへ這入(はい)つた。自分の机の置いてある所へ来て、新聞を読みながら、遠い東京の有様を想像した。私の想像は日本一の大きな都が、何(ど)んなに暗いなかで何(ど)んなに動いてゐるだらうかの画面に集められた。私はその黒いなりに動かなければ仕末(しまつ)のつかなくなつた都会の、不安でざわ〳〵してゐるなかに、一点の燈火の如くに先生の家を見た。私は其時(そのとき)此燈火が音のしない渦の中に、自然と捲き込まれてゐる事に気が付かなかつた。しばらくすれば、其灯も亦(また)ふつと消えてしまふべき運命を、眼の前に控えてゐるのだとは固(もと)より気が付かなかつた。（四十一）

ここで述べられていることを文字通りに受け取れば、「一点の燈火」を見る「私」が働かせているのは、テレパシーと呼ぶべき働きにほかならない。

「私」に潜むもう一つの「眼」は、遠く離れた場所から「先生」の自宅までは見通せている。だが、その中で何が起こっているのかを知るところまでは行かない。師が、自分にむかって長大な遺書を書いていることを、このときの「私」はまだ知る由もない。

急にテレパシーなどと奇妙な話をする、と思わないでいただきたい。そう語るだけの根拠が、この作品のなかにしっかりと記されているのである。

一七五九年、ストックホルムで大火があった。そのことを遠く離れたヨーテボリにいる一人の男がまざまざと「見た」という記録が残っている。

男はロンドンへの旅行から自宅のストックホルムに帰る途中だった。友人との夕食会の席で彼は、青ざめた顔をしながらこう言った。ストックホルムで大火が起こっている。そして、ひとたび屋外に出る。戻ってくると友人に、あなたの家は燃えた、私の家も危ない、と述べ、また二時間ほど経過して外に行き、戻ってくると自分の家の三軒先で火が消し止められた、と語るのだった。

のちに現実は、彼が語った通りだったことが判明する。科学の法則ではまったく説明できないこの事象を言い当てた人物の名はエマニュエル・スウェーデンボリという。

この出来事によって彼の存在は、広く知れ渡ることになる。それはついに哲学者カントにペンを執らせ、『視霊者の夢』(一七六六年)という長文の論文を刊行するに至る。のちに『純粋理性批判』で理性の優位を説き、形而上学すら不可能であると語る人物にとって、こうした現象が容易に受け入れられるはずがなかった。

この論考で彼は、非理性的にほかならない現象を批判する。だが、その一方でカントはスウェーデンボリという人間には驚きを隠せない。ここでは詳論できないが、後年になるとカントはこの神秘家を評価する言葉も口にするようになる。

漱石はスウェーデンボリを知っている。一八九九年に『ホトトギス』に寄せた「小説『エイルキン』の批評」のなかで、彼の名にふれ、『三四郎』(一九〇八〈明治四十一〉年)の執筆をめぐる手記のなかでもこの人物の名を挙げている。その経路は定かではないが、エマソンの『代表的人間像』Representative Men(一八五〇年)である可能性も否定できない。この本でエマソンは一章を割いてスウェーデンボリを論じた。『こころ』でもスウェーデンボリの名前が出てくる。それは「先生」が遺書で、「K」の人柄にふれたときに現れる。

> 彼は二人の女に関してよりも、専攻の学科の方に多くの注意を払つてゐる様に見えました。尤(もっと)もそれは二学年目の試験が目の前に逼(せま)つてゐる頃でしたから、普通の人間の立場から見て、彼の方が学生らしい学生だつたのでせう。其上彼はシユエデンボルグが何(ど)うだとか斯(こ)うだとか云つて、無学な私を驚ろかせました。(八十一)

「こころ」の新聞連載は、一九一四(大正四)年の四月に始められている。この時期になるとスウェーデンボリの著作は日本語で、それも複数読めるようになっていた。それればかりか評伝まで刊行されていた。

一連の翻訳と執筆にあたったのは若き鈴木大拙である。評伝『スエデンボルグ』の出版は一九一三年、漱石がこの本を手にしなかったとは断言できない。

むしろ、漱石におけるスウェーデンボリに象徴される合理を超える出来事に対する主体的な関心から鑑みると、読まなかった可能性の方が低い、と筆者は思う。

蟬の予告

論文を書き上げ、大学を卒業した「私」は、父が身体を悪くしたこともあって、郷里へ帰る。当時の大学の卒業式は七月だった。「私」が卒業したのは、当時の東京帝国大学、今の東京大学である。そのことは明治帝が崩御したときに、かつて見た、その姿を追想する「私」の一節から分かる。

私はつい此間の卒業式に例年の通り大学へ行幸になつた陛下を憶ひ出したりした。(三十九)

何気ない一節だが、「私」の背景を知るには重要な一節だ。当時、天皇が毎年卒業式に赴くのは、東京帝国大学しかない。明治の時代で大学に進学することは今日とは大きく違う意味を持っていた。
この大学に通っていたことを「私」の両親がどれほど誇りに思い、また、その先の人生に期待していたかは、大学進学が稀有なことではなくなった今日からは想像するのが難しいかもしれない。

「私」が実家にもどると、赤飯を炊き、周囲の人を呼んで祝いをしなくてはなるまい、という話になる。親たちは、息子の大学の卒業を「嫁でも貰つたと同じ程度」(三十九)に考えている。「私」はやめて欲しいというが願いは聞き入れられない。母親は「御父さんの顔もあるんだから」という。

だが、祝宴は行われなかった。理由はいくつかある。一つは明治帝の崩御、そしてそれと呼応するかのように父親の容体が悪化していったこと。そして三つ目の理由は、「先生」の自死を知った「私」が家族に告げないで東京に戻ったためだった。

『こころ』という小説は、このとき「私」が東京へ向かうところで外的状況としては終わっている。「私」は飛び乗った汽車のなかで「先生」の遺書を読むのである。

祝いごとの話の次に「私」に降りかかってきたのは、彼の職業をめぐることだった。大学を出たのはよいが、その先が決まっていない。「私」は、今日でいう就職活動をまったくしていなかった。そうした状況だから、両親が将来を案じるのは当然だった。

卒業してほどなく、「私」は「先生」と「奥さん」に報告にいく。ここでも当然、今後はどうするのかという話になる。すると「私」は、「本当いふと、まだ何をする考へもないんです」と語ったあとこう続けた。

「実は職業といふものに就いて、全く考へた事がない位なんですから。だいち何(ど)れが善(い)いか、何れが悪いか、自分が遣つて見た上でないと解らないんだから、選択に困る訳だと思ひます」

（三十三）

一見、もっともな発言だが矛盾している。働くことの意味は、働いてみないとわからないと知りつつ、「私」は何ら具体的な行動を起こしていない。

「私」が郷里に持ち帰った卒業証書は「何かに圧し潰されて、元の形を失つてゐた」（三十七）。このことが象徴しているように「私」は世間的価値に重きを置いていない。「先生」を師としつつ、世間的に尊敬を集める立場で生きるというのは想像しづらい。だが郷里で起こっていたのは正反対のことだった。

「迂闊な父や母は、不相当な地位と収入とを卒業したての私から期待してゐるらしかつたのである」（四十二）、とあるように、両親と「私」の会話のなかではしばしば「地位」という言葉が出てくる。「先生」をひそかに師とする「私」にとって「地位」は、もっとも遠いところにあるものだった。「地位」は世間における暗黙の序列である。軍隊の階級のように可視的な区分があるわけではないが、どの「地位」に立つかによって、生活ばかりか人格まで量られるような響きを「私」は感じている。

ここで衝突しているのも「私」の人生観と父親の人世観だ。

『こころ』には「人生観」と「人世観」という表現が出てくる。「私」は自分の人生の道がどこにあるのかを探している。しかし、父親は世間に恥ずかしくないだけでなく、高く評価される「人世」の道へと子どもを導きたいと願っている。

父親は息子に安定した「地位」を確保しなくてはならないと幾度となく語ったようだ。断定できないのは、あるところまで作品中、父の口から「地位」という言葉が発せられる場面は描かれていないからである。しかし、「私」が父親に言い放った次の発言がそのことを如実に物語っている。「私」は東京へ戻ろうとする。父親は行くなという。いなくなると淋しくなるとも語った。しかし、「私」はこう応える。

「此所に斯うしてゐたつて、あなたの仰しやる通りの地位が得られるものぢやないですから」(四十四)

息子にこう言われたところではじめて、父親の口から「地位」という単語が発せられるのである。「私」は、大学を卒業したが、働き口が見つかるまでは仕送りを続けてほしいという。すると父親はこう答えた。

「そりや僅の間の事だらうから、何うにか都合してやらう。其代り永くは不可いよ。相当の地位を得次第独立しなくつちや。元来学校を出た以上、出たあくる日から他の世話になんぞなるものぢやないんだから。今の若いものは、金を使ふ道だけ心得てゐて、金を取る方は全く考へてゐないやうだね」(四十四)

「地位」を得て独立するのは息子にとっても重要なことだが、その成就が父親自身の喜びでもあった。父親の人世観からすれば、地位は人生の幸福のすべてではないがその重要な一部を約束する何かである。彼は、彼が知っている幸福の道へと息子を促しているのである。父親はただ、息子が歩いている道の経験がないだけだ。

父親は、「先生」は何をしている人なのかと尋ねる。「私」は、特段何もしていない、と答える。父親は、金銭的な報酬とは別に、「地位」のある人間は世間的な意味で何かをしていると考えている。彼には「先生」のような人間が存在していることが理解できなかった。すると父親はこう語りだした。「おれの様な人間だつて、月給こそ貰つちやゐないが、是でも遊んでばかりゐるんぢやない」(四十二)。具体的に書かれてはいないが、父親は地元の名士なのだろう。今日風にいえば、地域共同体における非営利の役職に就いていたのかもしれない。そう言われて「私」は黙ってしまう。

父親が語ろうとしているのは、畢竟自分のことではないかと「私」は感じる。父親が、大学卒業後のことを口やかましくいうのは、息子の将来を案じてのことでもあるが、彼自身の沽券に係わることであるのを「私」は敏感に感じている。この父親はそれを隠さない。

故郷で「私」は少し知られた存在だった。有名というのとは違う。立身出世を約束された若者として周囲の注目を集めていた。父親は周りの人から大学を出た人の初任給は「百円位なものだらう」(四十二)と言われたこともあったと息子に語ったりもした。およそ一万倍すれば現在の価値になるように思われるが、この金額自体は根拠のない風説に過ぎないとしても、周辺の期待がどれほど大きなものだったかは充分に伝わってくる。

世間的な地位を求めているのは母親も同じだった。母親は息子が「先生」と呼ぶその人に就職を斡旋してもらえないか頼んでみてはどうか、どんな人かは知らないが、きっとよい人脈をもっているのではないかという。

「私」は仕方なく「先生」に手紙を書く。ただ、そこに彼が記したのは職業斡旋の依頼というよりも、実家という、「先生」との生活を中軸に据えている彼にとっては別世界の実情を、「先生」に報告するようなものだった。

手紙を書き、「先生」からの返信を待っていたが、便りは来ない。くるはずはなかった。そればかりか、「先生」はすでに、この世を後にしていたのかもしれなかったのである。

このとき、「私」は「先生」の身の上に起こっていることを知らない。しかし、世界はそれを彼に告げていた、そう感じさせる文章が作品にはある。ただ「私」が、その事象が何を意味していたのかを理解したのは「先生」の死を知ったあとだった。

私は其時又蟬の声を聞いた。其声は此間中聞いたのと違つて、つく〳〵法師の声であつた。私は夏郷里に帰つて、煮え付くやうな蟬の声の中に凝と坐つてゐると、変に悲しい心持になる事がしば〳〵あつた。私の哀愁はいつも、此虫の烈しい音と共に、心の底に沁み込むやうに感ぜられ

た。私はそんな時にはいつも動かずに、一人で一人を見詰めてゐた。（四十四）

世界は――あるいは自然は、と言った方がよいのかもしれない――「私」に、これからは一人で生きていかなくてはならないと言語とは別な姿をしたもう一つの「言葉」で、「一人」の生の幕開けを静かに語りかける。このときのことを「私」はこう述懐する。

> 油蟬の声がつく〳〵法師の声に変る如くに、私を取り巻く人の運命が、大きな輪廻（りんえ）のうちに、そろ〳〵動いてゐるやうに思はれた。私は淋しさうな父の態度と言葉を繰り返しながら、手紙を出しても返事を寄こさない先生の事をまた憶（おも）ひ浮（うか）べた。先生と父とは、丸で反対の印象を私に与へる点に於て、比較の上にも、連想の上にも、一所に私の頭に上り易かつた。（四十四）

ここで「大きな輪廻」という言葉が用いられているのを見過ごすわけにはいかない。しかし、そこにはいわゆる宗派的な教義の影はない。ただ、この人物の神秘家としての素地はありありと描き出されている。

作品中では「私」の父親が亡くなったかどうかは分からない。しかし、それがそう遠くないことは暗示されている。

「私」は「先生」が亡くなったあと、この師と呼ぶべき人物との間に何があったのかを探求し始めた。その記録が『こころ』だが、それに比べると「私」の父親との関係をめぐる発言は淡泊に映る。「私は殆ど父の凡ても知り尽してゐた。もし父を離れるとすれば、情合の上に親子の心残りがある丈であつた。先生の多くはまだ私に解つてゐなかつた」(四十四)という。だが、「私」がそう感じていたのは父親の生前である。息子と父親との関係は、息子が父親の立場に立ったとき、あるいはそれに類する責任を生きるようになったときに真実味を帯びてくるのではないだろうか。

自らの夢を息子に託す姿に一種のエゴイズムを見ることもできるだろう。だが、そうした理解は親子関係の表層を撫でているに過ぎない。

「先生」と自身の問題にけじめをつけたあと「私」は、自身の父親との間にどんな人生の問いが眠っているのかもまた、解明していかなくてはならなかったように思われる。

兄の叱責

「先生」の遺書を受け取ったとき、「私」は父の最期に立ち会っていた。家族は皆、父に寄りそっている。しかし「私」は、「此手紙があなたの手に落ちる頃には、私はもう此世(このよ)には居ないでせう。とくに死んでゐるでせう」(五十四)との一節を読み、居ても立ってもいられずに、人力車を飛ばして駅に向かい、東京行の汽車に飛び乗ってしまう。

父の葬儀が行われるとしたら、喪主はその妻、すなわち「私」の母、だが、実際に取り仕切ったのは兄だろう。次男である「私」はそれを陰で支えなくてはならなかった。「私」の役割を担ったのは、妊娠中の妹の代わりに駆け付けた彼女の夫だったと思われる。

実父の臨終に立ち合うことを振り払うようにして出て行った「私」が、その後どうなったかはよく分からない。ただ、彼の行動がほかの家族にはほとんど理解不可能な出来事だったことは、疑いをいれない。

この出来事が起こった日からそう遠くない時節に、「私」は実家にもどり、父親の位牌を前にして深く頭を垂れ、手を合わせなくてはならなかっただろう。しかし、このとき「帰る家がない」という表現が、まったくの比喩ではない状態が「私」を待っていたとしても、何の不思議もない。

玄関の引き戸を開け、家に足を踏み入れたとき、「私」は兄に、どんな言葉を浴びせかけられたのか。兄はすでに、単に年長の身内であるだけでなく、家長である。彼は弟の行為を簡単には許さなかっただろう。そもそも、兄は「私」と「先生」との関係を理解できていない。父親も「私」を理解できていなかったが、それを試みた。しかし、兄は違う。そのことは「先生」をめぐる兄の態度から推量できる。

「私」から「先生」の人物像を聞かされると兄は、その存在を到底受け入れることはできないと言わんばかりにこう語った。

「イゴイストは不可いね。何もしないで生きてゐやうといふのは横着な了簡だからね。人は自分の有つてゐる才能を出来る丈働らかせなくつちや嘘だ」(五十一)

兄の人生観から見れば、「先生」は堕落した頑迷な一人の男であり、「私」が尊敬しているのも社会に出ていない未熟者の思い込みに過ぎない、というのである。

「兄はいつでも私には遠かつたのである」(五十)と「私」がいうように、兄とはあまり仲が良いとはいえない関係だった。しかし、迫りくる父の死が二人の間にあったわだかまりを解く契機になった。

それでも久し振に斯う落ち合つてみると、兄弟の優しい心持が何処からか自然に湧いて出た。場合が場合なのもその大きな源因になつてゐた。二人に共通な父、其父の死なうとしてゐる枕元で、兄と私は握手したのであつた。(五十)

握手したというのだから、彼らは本当に互いの手を握りしめたのかもしれない。しかし、ここでの「握手」は、象徴的な意味にもとれる。手も出さず、言葉も交えず、以心伝心で互いの思いを感じる。兄弟のあいだでなら、こうした沈黙の和解も生起する。だが、兄が「先生」をエゴイストだと語ったのは、この出来事のあとだった。

和解は短い時間で終わったのかもしれない。「私」にとって「先生」を批判されることは、彼自身をそうされるよりも、よほど耐え難い出来事だったに違いない。

人は、自分を批判する者を許すことはできる。だが、愛する人を批判されたとき、それを許すのはきわめて難しい。そのあとに「先生」が亡くなり、「私」は実家と訣別するように東京へと向かったのである。

『こころ』は、「私」の告白である。この人物が「先生」に劣らず孤独な人物であることは、発せられる言葉の端々からも感じられる。「先生」には「奥さん」がいた。重大な秘密を抱えて生きていたが、彼の妻への愛の深さは尋常ではない。それにもかかわらず死を選ばなくてはならない理由が「先生」にはある。家を棄てた「私」は、「奥さん」に出会う前の「先生」にも似た孤独のなかにある。それは精神的な態度だけでなく、彼は家長から勘当されるほどの社会的にも孤独な存在だった。

『こころ』を読むとき、読者である私たちが、向かうあてもない悲痛な叫びが大きくこだましているのに気がつくのは、「先生」や「K」の境遇を目にするからではない。それを語る「私」が、「先生」の死と共に背負ってしまった孤独のゆえである。

だが、孤独者であることは「私」の素地なのかもしれない。だからこそ、彼は孤独者である「先生」を無数の人間のなかから発見することができたのだろう。

読者が「私」の声を聞くのは岩波書店版『漱石全集』でいう五十四章までである。現在文庫本などで読む版では、上中下の三部構成になっている。それに従えば、「私」が語るのは「中」の終わりまで、である。

分量から言えば全体の半分を占める「下」の部は、「私」が車中で読んだ「先生」の遺書によって全部が占められている。だが読者の眼は、遺書を読む「私」の眼と重なり合う。読者は、「先生」からの最初で最後の本格的な意味での手紙を、自分の眼で読みながら、胸で「私」の心情を認識する。

上中下の区分は単行本として刊行されるときに漱石によってなされた。もちろん、その章立てに従って読むのが常識的である。だが、別な読み方もあってよい。新聞に連載されているときは百十回まで章立てなく進んでいる。執筆された当時は、毎日、新聞でこの小説を読むのを楽しみにしていた読者が少なからずいたはずである。時代をまたいで、あたかも心を引き寄せつつ、章立てを気にしないで読むという試みもあってよい。秋山豊が中心となって編纂された岩波書店版の『漱石全集』は、読者にそうした試行の扉を開けてくれる。

別れが突然だったのは「私」にとってだけではない。「先生」にとってもそうだった。自死は、彼が綿密に計画したことではなかった。いつかその日が来ると思っていたのだろうが、「私」が帰省している間に訪れるとは、「先生」本人も予想してなかった。遺書の終わり近くで「先生」は自らの心境をこう述べている。

> 九月になつたらまた貴方（あなた）に会はうと約束した私は、嘘を吐（つ）いたのではありません。全く会ふ気でゐたのです。秋が去つて、冬が来て、其冬が尽きても、屹度（きっと）会ふ積（つもり）でゐたのです。（百九）

この言葉に偽りはなく、その実行は「先生」にも急に訪れたのである。自ら死を選択した「先生」にとっても自らの選択が抗しがたい不条理であったところに、この二人をめぐる人生の劇がある。

「先生」は亡くなるまで面と向かって「私」に、何か教えめいた言葉を語ったことなどなかった。質問するのはいつも「私」で、「先生」はほとんどの場合、重い腰をあげるように、できることなら語りたくないと言わんばかりに若者からの問いかけに応じていただけだ。その態度も、明確な答えを差し出すというよりも「先生」の内なる不文律に従った「応え」を提示していたに過ぎない。遺書のはじめの部分にもそうした態度をめぐる記述がある。

> 貴方は現代の思想問題に就いて、よく私に議論を向けた事を記憶してゐるでせう。私のそれに対する態度もよく解つてゐるでせう。私はあなたの意見を軽蔑迄（まで）しなかつたけれども、決して尊敬を払ひ得る程度にはなれなかつた。あなたの考へには何等の背景もなかつたし、あなたは自分の過去を有（も）つには余りに若過ぎたのです。私は時々笑つた。あなたは物足（ものたり）なさうな顔をちよい〳〵私に見せた。（五十六）

「先生」は「私」が語ることにはさほど関心がない。しかし、「私」という存在とのあいだには名状しがたい何かの強い働きを感じている。

あるときまで「先生」は「私」に影響を及ぼそうと思ったことはなかった。だが、あるときまで、と留保をつけなくてはならないのは、遺書を書く「先生」の態度がそれまでとはまったく異なるものとなるからだ。

影響とは文字通り、他者の精神の働きを、影や響きのような目に見えず手にふれ得ないものとして受け取り、それを同様の姿で自己の内面で生かしていくことを指す、じつは穏やかな表現だ。しかし、遺書に見られる「先生」の態度からは穏やかな心情を感じることはできない。そこにあるのは文字通りの意味で身を賭した者による熾烈な告白だった。

遺書のはじめで「先生」が語り始めたのは自身の内なる矛盾だった。彼は、「私」にあまり近づいてはならないと語りながら、この若者に自分のなかにある、語らざるもののすべてを伝えたい衝動があるのに気がつく。

其極（きょく）あなたは私の過去を絵巻物のやうに、あなたの前に展開して呉（く）れと逼（せま）つた。私は其時（そのとき）心のうちで、始めて貴方を尊敬した。あなたが無遠慮に私の腹の中から、或（ある）生きたものを捕（つら）まへやうといふ決心を見せたからです。私の心臓を立ち割つて、温かく流れる血潮を啜（すす）らうとしたからです。其時私はまだ生きてゐた。死ぬのが厭であつた。それで他日を約して、あなたの要求を斥（しり）ぞけて

彼は最初から「私」にむかって遺書を書くつもりだったわけではなかった。当初「先生」は、「K」との出来事を「私」に語ろうとしただけだったのだ。彼は会いたいという希望を記した電報を送りもした。しかし「私」は父の病のために上京することができない。この運命のめぐりあわせが結果的に「先生」に遺書を書くためのペンを握らせることになる。

「先生」と「私」の関係が変わったのは、「私」が「先生」に秘密にしていることを語ってほしいと迫ったときだった。「先生」の遺書が書かれなくてはならない端緒は、そうした「私」の何気ない言葉にあった。

しまつた。私は今自分で自分の心臓を破つて、其血をあなたの顔に浴せかけやうとしてゐるのです。私の鼓動が停つた時、あなたの胸に新らしい命が宿る事が出来るなら満足です。（五十六）

「先生」の秘密を知りたいと語った「私」の発言は、二人のあいだにあった、消えるはずのない溝を埋めた。しかし、それは同時に「先生」に死を決意させることにもなった。

「私」は「先生」の「心臓を立ち割つて、温かく流れる血潮を啜らうと」しようとは思っていなかった。しかし、「先生」にとっては、この若者に真に何かを伝えようとすれば、それ以外に方法はなかった。

ここに述べられているのは恨みの思いではない。「先生」の苛烈な言葉の奥にあるのは、復活の喜びであり、また、邂逅への感謝であった。彼は自分の秘められた歴史を伝えようとしただけではなかった。もっとも重大な教えは、最後にしか伝えられないのを知っていた。愛する者との、予告なき別離である。

人生の暗示

「先生」が、自らを「思想家」だと名乗っていたのはこれまでにも見てきた。「先生」は、いわば『遺書』という一冊の書物を書き残して逝ったといってよい。その分量は原稿用紙に換算すると四枚強を一区切りにして五十六章分、二百二十枚を超えるものになる。

この長大な遺書をどれほどの時間を費やして完成させたか。別な言い方をすれば、遠く離れた場所にあって「私」は、どれほどの期間、「先生」の決意を知らないままに過ごしていたか。このことを明瞭に感じることは、『こころ』という世界を読み解く上できわめて重要な問題になる。遺書が書かれた密度は、それを読む者のこころにも強く影響する。遺書のはじめには次のような一節がある。

有体(ありてい)に云へば、あの時私は一寸(ちょっと)貴方(あなた)に会ひたかつたのです。それから貴方の希望通り私の過去を貴方のために物語りたかつたのです。あなたは返電を掛けて、今東京へは出られないと断つて来ましたが、私は失望して永らくあの電報を眺めてゐました。(五十五)

もし、「先生」が「私」と東京で会うことができたら、彼は遺書を書かなかったのかもしれない。会えないと分かってから「先生」は、ペンを執り、遺書を書き始める。

「此夏あなたから二三度手紙を受け取りました」(五十五)と遺書には記されている。「私」は七月に卒業式を終え、帰省している。

「私」にとって新社会人としての新年度は、九月から始まるはずだった。

当時の九月一日は現代の「四月一日」とは様子が違うようで、「私」は九月になってから本格的に仕事探しを始めている。そして、就職活動のために改めて上京しようとしていたとき、「私」は「先生」の死を知る。

この間に起こった出来事を時系列に整理してみたい。そうすることで「先生」の遺書の執筆期間も浮かび上がってくる。

「私」が通った東京帝国大学の卒業式は、一九一二(明治四十五)年七月十日である。その日の晩、「私」は「先生」の家で食事をし、このときも九月の再会を互いに確認している。三日後、「私」は、帰省する。

実家に戻ると「私」の親が卒業を祝して宴を催したいという。ちょうどそのころ、明治帝の病状悪化が報じられる。これは七月二十日である。

おそらくその翌日のことなのだろう。「私」は「先生」に「原稿紙へ細字で三枚ばかり国へ帰つてから以後の自分といふやうなものを題目にして書き綴つた」(四十)手紙を送る。これが最初の手紙である。

しかしこの作品中には、「私が帰つたのは七月の五六日で」、両親が宴をしたいと言い出したのはそれから「一週間後であつた」、との発言がある。小説中の日時に誤りを指摘するのも奇妙だが、明治帝などの歴史的事実から鑑みると、この記述には誤認があり、七月十三日を基準点にすることで大きな間違いはないように思う。

明治帝の崩御は七月三十日、人々が号外で知るのは翌日である。このとき「私」は「先生」に手紙を書こうとするが、止める。「私はそれを十行ばかり書いて已(や)めた。書いた所は寸々(すんずん)に引き裂いて屑籠へ投げ込んだ」(四十一)。

八月中ごろ、「私」は、「朋友」から地方の教員の募集があるが行かないかという旨の手紙をもらう。「私」にも「先生」のほかに朋友と呼ぶべき関係があったのは注目してよい。しかし、「私」は感謝しつつも、断る。そのことを両親に話しても、とがめられることはなかったが、就職先はちゃんと見つけなくてはならないという話になって、「私」は「先生」に家の事情を精(くわ)しく述べつつ、「もし自分の力で出来る事があつたら何でもするから周旋して」欲しいという手紙を書き送る(四十三)。これが二通目の手紙になる。

仮に手紙が投函されたのを八月二十日ごろということにする。父の病状は芳しくないのだが、何かに突き動かされるように「九月始めになつて、私は愈又東京へ出やうと」する（四十四）。このとき、東京に戻ることを決意した当時を振り返る「私」の言葉には、何とも暗示的な語感がある。

先生の多くはまだ私に解つてゐなかつた。話すと約束された其人の過去もまだ聞く機会を得ずにゐた。要するに先生は私にとつて薄暗かつた。私は是非とも其所を通り越して、明るい所迄行かなければ気が済まなかつた。先生と関係の絶えるのは私にとつて大いな苦痛であつた。私は母に日を見て貰つて、東京へ立つ日取を極めた。（四十四）

これまでも、「私」と「先生」との間には、科学的な公理を逸脱するような出来事が介在していることにふれてきた。あるとき「私」は、その働きを「漲る心臓の血潮の奥に、活動々々と打ちつゞける鼓動」（二十三）として体感し、また、あるときは蟬の声を通じてかいま見ることもあった。ここに記されているのも同様の現象である。

このとき「私」は、「先生」がどのような状態にいるのかを知らない。だが、その状況を「薄暗い」と感じている。同時に、それを突破して、光を招き入れなくてはならないという強い想いに包まれる。事実、このとき「先生」は自らの秘密をどのように語るのかをめぐって逡巡していた。

何かからの暗示を受け「私」が上京を決意した日を九月一日としてみる。母親と相談して具体的な日程を決めるのだが、その間にどれくらいの日数があるのかが分からない。だが、気が急いている「私」が待てたのは数日だろう。

出発予定日は九月五日とする。その二日前、三日に父親が倒れる。そしてさらに三、四日して、再び父が倒れる。それから病状は大きく変わらないまま一週間以上が過ぎて行く。

このとき「私」は、父の病状を記した長い手紙を兄と妊娠中の妹に送っている。兄は九州にいた。彼が帰郷するまでにもおそらく、一週間弱の時間が流れている。妹は来ることができず、その夫が代わりに来た。それと「前後して」兄が帰ってきたと記されている。

この間に乃木希典が殉死する。亡くなったのは九月十三日だが、人々が知るのは翌日である。兄と妹の夫は、父親がこの事件を新聞で知り、「大変だ大変だ」(四十八)と声を上げた場所に居合わせている。

ちょうどそのとき、「先生」から「一寸会ひたいが来られるか」という旨の電報が届く。「私」は行けないと電報で返事をしつつ、「先生」に長文の手紙を書く。これが三通目になる。手紙を投函して二日後、「私」は再び「先生」からの電報を受け取る。そこには上京するには及ばないと記されていた。

「先生」からの電報が受領された日を、乃木大将の死が報じられた九月十四日だとする。「私」が書いたのが「可なり長い」手紙であることを考慮すると、早くても手紙の投函は翌日だろう。おそらく同じ日に「先生」は、「私」の電報を手にしている。すなわち九月十五日に「先生」は自死を決意し、ペンを持ったことになる。

　この日を境に父親の病状も、見る見る悪化していく。日ごろ診ている主治医だけではなく、この日は院長も来て、浣腸などの治療を行った。その日から父親の死がいつ来るのか緊迫した日々が続く。

「運命の宣告が、今日下るか、今日下るかと思つて、毎夜床に這入つた」(五十)と「私」はいう。

　「先生」が、遺書を書くために机に向かっている日数は、「私」の兄と妹の夫が帰省している期間とほとんど合致する。それが何日間なのかは明確には示されていない。しかし、朧げに知ることはできる。ある夜、兄は「私」にむかってこう語りかける。

「関(せき)さんも気の毒だね。あゝ幾日も引つ張られて帰れなくつちあ」。

　すると、「私」はこう応じる。「然しそんな忙がしい身体(からだ)でもないんだから、あゝして泊つてゐて呉(く)れるんでせう。関さんよりも兄さんの方が困るでせう、斯(こ)う長くなつちや」(五十)。

　兄は多忙な人だった。その人物にとって「幾日」は充分に「長い」ということなのである。

　その翌日なのだろう。父は「譫語(うわこと)を云ふ様」になる(五十二)。同じ日、それからしばらくして、「私」は「普通の手紙に比べると余程目方の重い」、「半紙で包んで、封じ目を鄭寧(ていねい)に糊で貼り付けて」ある一通の手紙を手にした。「先生」の遺書である。

　二度目の電報を受け取ったとき、「私」は、自分の「手紙はまだ向(むこう)へ着いてゐない筈」だと母親にいう。それは「私」が手紙を出して二日後のことだったから、彼の故郷から送る手紙が東京に届くのには少なくとも三日以上かかる計算になる。

父親が危篤になる三日以上前に「先生」は遺書を書き終え、それを手放している。そう考えると「先生」が執筆に割いた時間は、にわかには信じがたいが、長くて数日という計算になる。

「先生」の遺書を読むときいつも念頭に思い浮かぶのは、『ドゥイノの悲歌』を書き上げたとき、リルケが知人に送った手紙にある言葉だ。

私の手はまだ慄えています。今ちょうど、十一日土曜日の夕方六時、それを書き終えました。——すべてが二、三日の間に出来上りました、それは名状し難い一つの嵐、精神の颶風(以前のドゥイノの時と同様)でした、私の内部のすべての繊維、すべての組織はめりめりと音を立てて引裂けてしまいました、——食事などは思いも寄りませんでした、誰が私を養って呉れたのかふしぎなくらいです。

でももうそれは出来たのです。あるのです。あるのです(高安国世訳)

十の悲歌からなるこの作品をリルケは、十年の歳月を費やして完成させた。しかし、最後に書かれた悲歌は、「二、三日の間に出来」た。彼はその間、食事はもちろん、自分がどのように生活をしていたか分からない。覚えているのは、胸を突き破りながらこの世に顕現しようとする言葉の存在だけだ、というのである。

同質のことが「先生」にも経験されたのではなかったか。人があれほどの分量、あれほどの質量をもった言葉を数日で書くことなど不可能だということもできる。しかし、それを「現実」だと受け止めようとするところにしか、漱石が感じている「こころ」への扉が開かれることはないのだろう。

亡き者からの促し

遺書を書くペンを走らせながら「先生」は、幾度となく「書く」ことの意義にふれようとする。一身上の秘密を開示するために始めたにもかかわらず、「先生」はまず、「私」に向かって「書く」とは何かをめぐって言葉を重ねる。会って話すのではなく、どうして文字を書かなくてはならないのか、その理由を切々と語ろうとする。

その様相は、これまで沈黙を守ってきた出来事を披瀝するのにも勝るとも劣らない何かがある、といわんばかりでもあった。

「先生」は日ごろから「書く」ことに親しんでいたわけではなかった。むしろ逆だった。彼は「書く」ことを恐れていたように思われる。しかし、このときは、彼は書く衝動に抗うことができない。書けない苦痛を感じつつ、手放したペンをふたたび握っている自分に気がつく。

平生筆を持ちつけない私には、自分の思ふやうに、事件なり思想なりが運ばないのが重い苦痛でした。私はもう少しで、貴方に対する私の此義務を放擲する所でした。然しいくら止さうと思つて筆を擱いても、何にもなりませんでした。私は一時間経たないうちに又書きたくなりました。
（五十六）

「事件なり思想なり」と「先生」はいう。ここでの「事件」は周知のとおり、金銭をめぐる叔父一家とのトラブルと「K」の自殺へと続く出来事である。問題は「思想」という言葉で「先生」が何を語ろうとしたかだ。

彼にとって「思想」は生きた言葉で語られなくてはならなかった。それは「冷かな頭で」ではなく「熱した舌」で語られなくてはならず、そこに宿った「血の力」によって思想を受け取った者の「体が動く」何かでなくてはならなかった。

さらに思想は「言葉が空気に波動を伝へる許でなく、もつと強い物にもつと強く働き掛ける事が出来る」ものでなくてはならないと信じていた（六十二）。「体」よりも「もつと強い物」とは「こころ」にほかならない。こころから出て、こころに届くもの、それが「先生」にとっての思想だった。

このとき、「先生」にとって、「書く」とは自らの内面にある未知なるものと出会おうとする試みである、とも言える。

遺書には、書くことに戸惑う「先生」の姿がはっきりと刻まれている。自らの意思でペンを握ってはいるが、「先生」は自分が何を書くのかを厳密には知らない。遺書を書く決意は定まっていても、自分のこころが何を感じているのかを彼は充分に認識できていない。

出さなかった手紙を書いた経験は誰にもあるだろう。もし、手紙がメモのように考えたものを文字にするだけなら、出せないという現象は起こらない。手紙を書くことは、しばしば書き手の思いを超えた行為になる。予想と異なる言葉を書く手を止めることもできるはずなのだが、それも自由にならず、最後まで書き切ったうえで、投函しないまま机に仕舞い込む。それが手紙の現場だ。

書くことは苦痛だ、と書いていたすぐ後に「先生」は、それでも「私は書きたいのです」と述べ、こう続けた。

> 義務は別として私の過去を書きたいのです。私の過去は私丈の経験だから、私丈の所有と云つても差支(さしつかえ)ないでせう。それを人に与へないで死ぬのは、惜(おし)いとも云はれるでせう。私にも多少そんな心持があります。たゞし受け入れる事の出来ない人に与へる位なら、私はむしろ私の経験を私の生命(いのち)と共に葬つた方が好(い)いと思ひます。実際こゝに貴方といふ一人の男が存在してゐないならば、私の過去はついに私の過去で、間接にも他人の知識にはならないで済んだでせう。私は何千万とゐる日本人のうちで、たゞ貴方丈(あなただけ)に、私の過去を物語りたいのです。あなたは真面目(まじめ)だから。あなたは真面目(まじめ)に人生そのものから生きた教訓を得たいと云つたから。(五十六)

誠実な一つの心に受けとめられることは、世界全体に受容されるに等しい意味と価値を有する。それればかりか、多くの人に伝えるよりも、「私」という一人の人間にだけ語りたい。世にただ一つのものは、ただ一つの心によって受けとめられるときにのみ、そのいのちを保ち続けることができる、というのである。

遺書で「先生」が最初に語ったのは、故郷に暮らす叔父一家との財産をめぐる出来事だった。それは彼の両親の急逝に端を発していた。

若き「先生」は東京で高等学校に行くことが決まっていた。まだ、二十歳にならないときのことだった。当時、東京に高校は旧制の第一高等学校(現在の東京大学教養学部)しかなかったから、「先生」と「私」は同窓ということになる。

この年に「先生」は両親を相次いで亡くす。原因は腸チフスだった。母は亡くなろうとするとき「先生」の眼前で叔父にあとのことを頼み、叔父はそれを承諾する。「先生」は、何ら疑念も差し挟まず、叔父を頼りながら生きていくことになった。

叔父は事業家で、県会議員もつとめた、顔の広い人物だった。いっぽう「先生」の父親は「遺産を大事に守つて行く篤実一方の男」(五十八)で、性格はまるで違う。しかし、仲の良い兄弟だった。「先生」は父の口からも弟である叔父を高く評価する言葉を聞いていた。

頼るといっても経済的に依存するわけではない。「先生」の実家は先祖からの財産を受け継いだ、その地域では名の知れた資産家だった。彼が頼りにしたのは親族としての心情においてである。だが、「先生」はのちに、絶対的と言っていいほどに厚い信頼を寄せていた叔父に裏切られる。

未成年だった「先生」にかわって叔父が財産の管理をすることになるのだが、事業がうまく運んでいない叔父はいつからか「先生」の財産に手を出すようになっていった。しばらくすると叔父は一度ならず、自分の娘と結婚するように「先生」に強く促し、財産もろとも取り込もうとする。だが、「先生」はそれを固辞した。途端に叔父の家族の態度が一変する。それまでは家族のように親しげだったにもかかわらず、よそよそしいだけでなく、どこかに微かな敵意すら感じられるようになった。

それでもなお、「先生」の叔父一家への信頼は保たれ続ける。しかし、あるとき「先生」は、亡き両親からの声にならない「声」を聴いたように思い、目を覚ます。

「私は突然死んだ父や母が、鈍い私の眼を洗つて、急に世の中が判然見えるやうにして呉れたのではないかと疑ひました。私は父や母が此世に居なくなつた後でも、居た時と同じやうに私を愛して呉れるものと、何処か心の奥で信じてゐたのです」（六十一）と「先生」は書いている。死者となった両親が目を開いてよく現実を見ろと語ったというのである。

> 尤も其頃でも私は決して理に暗い質ではありませんでした。然し先祖から譲られた迷信の塊も、強い力で私の血の中に潜んでゐたのです。今でも潜んでゐるでせう。（六十一）

若き日の「先生」も、人並みの合理主義は身につけていたが、その一方で、彼のなかでは亡き者たちの存在をありありと感じるという古い人間の精神もまた、脈々と生き続けていたという。

先に墓地を前にした「先生」と「私」の対話にふれた。墓石に記された文字が奇妙だといって会話の種にしようとする「私」の言葉に対して「先生」はまったく応じようとしない。叔父との関係をどうするか迷ったとき、彼は両親の墓へと向かう。このときから墓所は、「先生」にとって死者と語らう大切な場所だった。

> 私はたつた一人山へ行つて、父母の墓の前に跪づきました。半は哀悼の意味、半は感謝の心持で跪いたのです。さうして私の未来の幸福が、此冷たい石の下に横はる彼等の手にまだ握られてでもゐるやうな気分で、私の運命を守るべく彼等に祈りました。貴方は笑ふかも知れない。私も笑はれても仕方がないと思ひます。然し私はさうした人間だつたのです。（六十一）

生者の心の準備さえ整えば、死者と心を通わせることができる、それは「先生」の死生観の根底を流れるものだったといってよい。そればかりか彼は死者たちの守護によって生かされているとも感じている。

遺書を書くときも、彼は「私」にむかって書きながら、そこで登場する幾人かの死者たちの存在を感じながらペンを運んだのではなかったか。そこに捧げた誠実は、「私」に向けてのものであると共に、亡き者たちにささげられたものだったようにも思われる。

そのことは相手が「K」になっても変わらない。むしろ、それはよりいっそう切実な現実となっただろう。

「先生」は、隣の部屋で「奥さん」が寝ているなか遺書を書き続けた。その空間には世の中の雑音はもう響いてこない。小さな虫の音と彼が紙にペンを走らせる音だけがしていた。

> 何も知らない妻は次の室で無邪気にすや〱寐入つてゐます。私が筆を執ると、一字一劃が出来上りつゝペンの先で鳴つてゐます。私は寧ろ落付いた気分で紙に向つてゐるのです。不馴のためにペンが横へ外れるかも知れませんが、頭が悩乱して筆がしどろに走るのではないやうに思ひます。（五十七）

何を書くべきか、はっきりとは分からないから筆がそれることもある。だが、それは混乱しているためではない。生きた何かを生み出そうとしているからであることを、忘れずにいて欲しいというのである。ペンの先で文字が「鳴っている」という表現は「先生」の心情をまざまざと物語っている。手ではなく、「血」で書かれているこの遺書には、文字として残らない心の訴えが、見えない文字として刻まれている。その無音の声を、どうか聞き分けて欲しい、そう「先生」は穏やかに、しかし、強く「私」に懇願しているのである。

書かれた言葉は、真に読まれることによってのみ、いのちを帯びるからである。

記憶を生きる

人が言葉を紡ぐのは、どうしても伝えたいことがあるからでもあるが、同時にどうしても言葉では伝えきれないものを感じているからでもある。

文字、あるいは声という、言葉を宿すものを相手に送り届けるとき、私たちはそこに、目で見ることができず、声では聴くことのできない隠された意味と呼ぶべき何かを、そっと潜ませることがある。書きたいことを書かずにいたり、言いたいことをあえて言わず、沈黙することによっておもいを相手の心の奥に直接届けようとすることもあるだろう。

この言葉の掟は、小説においても生きている。小説を読むとは、物語の展開を味わうことであると共に、文字という言葉を通じて、言葉にならない意味の深み――井筒俊彦が「コトバ」と書いた言語的な言葉の奥にあるはたらき――の世界に参入することなのかもしれない。

これまで見てきたように「先生」と「私」は幾度となく真剣な対話を繰り返してきた。しかし「先生」は、遺書を書きつつ、そうした日々を振り返りながら、言葉によって語り得たものはきっと「私」に不充分なものに感じられるに違いない、という。さらに、自分がもっとも伝えたいと願ったのは、言葉では表現し得ない、「生きている」何ものかだった、というのである。

> 私の答は、思想界の奥へ突き進んで行かうとするあなたに取つて物足りなかつたかも知れません、陳腐だつたかも知れません。けれども私にはあれが生きた答でした。現に私は昂奮してゐたではありませんか。私は冷(ひやや)かな頭で新らしい事を口にするよりも、熱した舌で平凡な説を述べる方が生きてゐると信じてゐます。血の力で体(たい)が動くからです。言葉が空気に波動を伝へる許(ばかり)でなく、もつと強い物にもつと強く働き掛ける事が出来るからです。（六十二）

日ごろ「私」は「先生」に、ゆくゆくは思想界に属する者になりたいと語っていたのだろう。先の一節にあった「突き進んで行かうとする」という文言は、若い「私」が「先生」に熾烈な思いをぶつけていた様子を想起させる。

この時代においては「思想」、あるいは「思想家」という言葉は、今日とは異なる意味合いを有していた。

近代の日本において「思想」、もしくは「思想家」という表現が世に知られる大きなきっかけとなった出来事として島崎藤村の『破戒』を挙げることができる。「思想」という非物質的なものこそが、世の価値を逆転させるほどの大きなちからをもつ。「思想」こそが来るべき時代を準備し、完成させるという世界観がこの作品を貫いている。

「新しい思想家でもあり戦士でもある猪子蓮太郎といふ人物」という一節を引くだけでも当時、「思想」という言葉に籠められていた意味が、今日とは位相が大きく異なるのが分かるだろう。それは精神界の革命家を指す言葉だった。

ここでも「思想」は研究の対象ではなく、生きてみて体現されるべきものだった。しかし、『破戒』(一九〇六年)の刊行から八年後に書かれた『こころ』になると「思想」の語感にも変化が生じてくる。それはいつしか知解の営為になっていった。そうした時代のなかで「私」は、「先生」の姿にふれながら、「思想」をその原義においてとらえ直そうとする。

木曜日の午後になると漱石の自宅に若者たちが集ってさまざまに論議をしていたことは先章で見た。のちに木曜会と呼ばれるこの場でも、「私」と「先生」を思わせるような光景はあっただろう。あるときは「私」も、当時もてはやされていた哲学者たちの名前を出し、「先生」に意見を求めたこともあったかもしれない。しかし、「先生」はそれを正面から受け止めることはない。「先生」にとって流行思想は、過ぎ行く情報に過ぎない。それを中心にすえていくら論議を重ねても、真の「思想」に逢着することはない、というのが「先生」の心持ちだった。

『こころ』が刊行された二ヵ月後、一九一四年十一月、漱石は学習院輔仁会に招かれて講演をする。そのときの記録が「私の個人主義」である。そこで漱石は、当時の日本における「思想」受容の態度を辛辣な言葉によって批判した。

「近頃流行るベルグソンでもオイケンでもみんな向ふの人が兎や角いふので日本人も其尻馬に乗つて騒ぐのです。まして其頃は西洋人のいふ事だと云へば何でも蚊でも盲従して威張つたものです。だから無暗に片仮名を並べて人に吹聴して得意がつた男が比々皆是なりと云ひたい位ごろ〳〵してゐました」と述べたあと、こう続けている。

他の悪口ではありません。斯ういふ私が現にそれだつたのです。譬へばある西洋人が甲といふ同じ西洋人の作物を評したのを読んだとすると、其評の当否は丸で考へずに、自分の腑に落ちやうが落ちまいが、無暗に其評を触れ散らかすのです。つまり鵜呑と云つてもよし、又機械的の知識と云つてもよし、到底わが所有とも血とも肉とも云はれない、余所々々しいものを我物顔に喋舌つて歩くのです。然るに時代が時代だから、又みんながそれを賞めるのです。

『破戒』で描かれているように、「思想」を語ることは、語り手の生の実相を告白することでなくてはならないはずなのに単なる知識の披瀝に終わっている。「思想」が「血」となり「肉」となることなく、皮相な知識として往来する。「思想」はすでに、世に不可欠な何かではなく、もの珍らしいものとして、もてはやされるに過ぎなくなってしまっているのではないか、というのである。

「私」の中には若き日の漱石がいて、その問いを引き受ける「先生」にも現在の漱石の影が色濃く残っているのは、この一節からも充分にうかがい知れる。

「私の個人主義」が今日まで読み継がれているのは、こうした時代への批判が今なお新しいからでもあるが、さらに重要なのは、そこで語られているのが、文学者夏目漱石の覚悟というべきものだったからである。

先の一節の少し前で漱石は、ロンドン時代に起こった、言葉をめぐる内なる目覚めにふれている。当時、彼は容易に抜け出すことのできない「嚢（ふくろ）」のなかにいた。

> 此嚢を突き破る錐は倫敦中探して歩いても見付（つか）りさうになかつたのです。私は下宿の一間の中で考へました。詰（つま）らないと思ひました。いくら書物を読んでも腹の足（たし）にはならないのだと諦めました。同時に何の為に書物を読むのか自分でも其意味が解らなくなつて来ました。
>
> 此時私は始めて文学とは何んなものであるか、その概念を根本的に自力で作り上げるより外に、私を救ふ途はないのだと悟つたのです。

言葉を自らの血となし、肉とすることがないなら、どんなに多くの書物を読み、どんなに多くの言葉を知ったとしても虚しい。文学とは、自分にとってかけがえない言葉を他所に捜そうとする営みであるよりも、それを自らの手で書き得るかどうかを試そうとする、一種の賭けのような行為だというのだろう。

彼にとって言葉を紡ぐとは、自己の救済という、ほとんど結論の出ようのない問いを前にした終わりなき挑戦だった。ロンドン時代、彼は自分が小説家になるとは思っていない。その頃から、文学は自らを救い得るかということが漱石の根本問題だったことをこの一節は明示している。

先に見た「先生」の遺書で、「昂奮してゐた」とあったのは、話題が悪をめぐって、さらには金銭の問題へと及んだときのことだった。その背景に「先生」と叔父の関係があり、それがどのような事情だったかを「先生」が遺書に書き連ねることになるのは先にふれた。

「先生」が、どうしても「私」に伝えなくてはならないと感じたのは出来事の事実関係ではない。裏切りという事象が、「血の力」となって、一個の人間の生涯において、容易に説明しがたい痕跡と影響を残すという現実だった。

もし、世に「思想」と呼ぶべきものがあるとすれば、それはこうした避け難い人生の出来事の奥にこそ生まれ出る。それが「先生」における「思想」の原点だった。

「おもう」という言葉には、さまざまな漢字を当てることができる。「思う」「想う」「憶う」「懐う」「顧う」「惟う」「忖う」「恋う」「念う」と書いても「おもう」と読む。

「思」は、思考と書くように意識の働きを示す言葉で、「想」は、想像、想起というように彼方を想う営みを指す。「憶う」は記憶のこと。「懐う」は懐古、「顧う」は回顧、「惟う」は思惟、「忖う」は忖度、「恋う」は恋慕という熟語がその原意をうかがわせる。また、「念う」は祈念、念願と書くように心の深みでの「おもい」のありようを指す。

「先生」は自分を「思想家」であると語りながら、世に流布する「思想」という言葉にどこかあきたらなさを感じている。世にいう思想家たちの言葉を耳にしても「言葉が空気に波動を伝へる」のを経験することもなく、彼らの言葉がその先にあるものを照らし出すとは到底思えない。「先生」が「私」に書き残そうとしたのは、「思い」や「想い」の世界に属するものではなく、「憶い」の世界だった。

記憶して下さい、あなたの知つてゐる私は塵に汚れた後の私です。きたなくなつた年数の多いものを先輩と呼ぶならば、私はたしかに貴方より先輩でせう。（六十三）

記憶されている内容は過去の事象である。だが、記憶という営みそのものは、まさに今の出来事だといってよい。人は誰も膨大な記憶を内に宿している。しかしそのうち、生きたかたちをして今に浮かび上がってくるのは、ごくわずかに過ぎない。

「記憶」という文字は、『こころ』に幾度となく用いられている。それはこの小説の鍵語の一つだといってもよい。著しいまでの強調を携えた「記憶して下さい」という表現も、遺書で次のように二度、記されている。

記憶して下さい。私は斯んな風にして生きて来たのです。始めて貴方に鎌倉で会つた時も、貴方と一所に郊外を散歩した時も、私の気分に大した変りはなかつたのです。（百九）

「先生」は、これから自分が語ろうとすることを折あるごとに思い出し、懐かしんで欲しいと語っているのではない。自分がどう生きてきたか、それをつねに今の境域に踏みとどまらせておいてほしいと切願しているのである。

「憶い」を書くことで「先生」は、自分の内なる「念い」にふれようとしたのかもしれない。そして、それを「私」なら受け取ってくれるかもしれない、と感じたからこそ身を賭して遺書を書いたのではなかったか。

相続するはずだった遺産は、叔父の裏切りによって「非常に減つてゐた」と「先生」は遺書に書いている。すぐに動かせたのは、二度と戻らない覚悟で故郷を飛び出るときにもって出た「若干の公債」だけだった。そのほかにあった不動産など手に持ち得ない財産はすべて、友人に頼んで後日、現金化してもらった。

こう書くと一見、「先生」は、経済的に苦労をしたようにも映るが、実際は違う。減ってもなお、残った財産は小さくなかった。学生生活ではそれらから生まれる利子の半分も使うことができなかったと「先生」は書いている。相続額は、市井の人の感覚から見れば莫大なといってよい金額だったのだろう。

しばらくすると「先生」は家を買おうと思い始める。それまで暮らしていた下宿は騒々(そうぞう)しく、落ち着いて勉強もできない。しかし、この「余裕」が彼の人生に大きな変化をもたらすことになる。

家を探すが、なかなか適当なものが見つからない。困り果てて駄菓子屋の女性によい物件はないかと尋ねる。するとこの女性が「素人下宿」ならあるがどうかと、聞き返す。日清戦争で夫を喪った未亡人が営むところで、同居しているのは一人娘だという。「先生」はすぐにその家を訪れ、未亡人と話をする。相互に感じるところがあり、話はすぐに決まった。

用意されていた部屋は八畳の客間で、家のなかで「一番好い室」だった。その部屋で出むかえたのは床の間の「活けられた花と、其横に立て懸けられた琴」だった。だが、どちらも彼の気には召さない。「何方も私の気に入りませんでした」(六十五)と「先生」はいう。漢詩と書、そして煎茶をたしなむ父親の影響下で育ったため、花、琴といった「艶めかしい装飾を何時の間にか軽蔑する癖が付いてゐた」ためだとも述べている。

しかし、そうした父親ゆずりの「唐めいた趣味」への偏重も、ある出来事を契機に音を立てて崩れていく。「御嬢さん」、のちに彼と結婚することになる女性との出会いである。

彼女の母親、未亡人を「先生」は、「正しい人」であり「判然した人」(六十四)だと述べているが、その姿にはなんら言及していない。娘がいることは知っていたが、そのことに特別なおもいを抱くことなく、その姿を想像するときも母親に重ね合わせる以上のことはしなかった。

事件はしばしば、予想を超えて生起する。「御嬢さんの顔を見た瞬間に、悉く打ち消されました」と「先生」は回想する。さらにこう言葉を継いだ。

さうして私の頭の中へ今迄想像も及ばなかつた異性の匂が新らしく入つて来ました。私はそれから床の正面に活けてある花が厭でなくなりました。同じ床に立て懸けてある琴も邪魔にならなくなりました。（六十五）

つい先だってまではまったく関心をもっておらず、毛嫌いさえしていた琴の音を彼は「居間で机の上に頬杖を突きながら、其琴の音を聞いて」いる。しおれる頃になると花は活け替えられ、彼はそれを愛でるようになった。

「御嬢さん」の琴がうまかったのではない。「まあ活花の程度位なものだらうと思」った、と「先生」はいう。さらに「花なら私にも好く分るのですが、御嬢さんは決して旨い方ではなかつたのです」と述べている。

琴の上手下手は分からない。しかし、花なら分かる、と「先生」はいう。当時、茶と花は不可分なものとして愛されていた。財産家でもあり、茶をたしなむ父親は、家に花を絶やさなかったのかもしれない。理由は定かではないが、「先生」は若い頃から生花にふれる生活をしていた。彼は自ら生けることはない。しかし、その美は分かる。少なくとも彼にはその自負があった。

漱石の文学における「花」は、じつに豊かな象徴的な意味を有している。そのことは次の『草枕』の一節を読むだけでもその重要性を感じることができるだろう。

春は眠くなる。猫は鼠を捕る事を忘れ、人間は借金のある事を忘れる。時には自分の魂の居所さへ忘れて正体なくなる。只菜の花を遠く望んだときに眼が醒める。雲雀の声を聞いたときに魂のありかゞ判然する。雲雀の鳴くのは口で鳴くのではない、魂全体が鳴くのだ。魂の活動が声にあらはれたもの丶うちで、あれ程元気のあるものはない。あ丶愉快だ。かう思つて、かう愉快になるのが詩である。

ここでの「菜の花」は、野に広く咲く花々ではない。「雲雀」がそうであるようにそれは人を彼方の世界、ここでいう詩的世界へ案内する導き手である。『こころ』における「花」もそうだった。もっとも信頼された肉親に裏切られ、金銭と社会をめぐる人類への信頼を失っていた「先生」を「花」は、「愛」の世界へと連れ出そうとしている。

「愛」という言葉を用いたのは「先生」自身である。このときの心境を彼は遺書で「私」にむかってこう語っている。

私は金に対して人類を疑ぐ(うた)つたけれども、愛に対しては、まだ人類を疑はなかつたのです。だから他(ひと)から見ると変なものでも、また自分で考へて見て、矛盾したものでも、私の胸のなかでは平気で両立してゐたのです。(六十六)

当時の彼は、亡くなった者との約束を反故にしたばかりか、財産を奪った叔父一家を「恰(あたか)も人類の代表者の如く考へ出し」、信頼というものを喪失しそうになっていた。しかし、「先生」は「花」に込められたおもいを通じ、「愛」としか呼び得ないはたらきを感じるようになる。

ギリシア哲学では「愛」には複数の姿があると説く。情熱の愛であるエロス、そして友愛であるフィリア、そして苦しむ者、悲しむ者を受け容れようとする悲愛ともいうべきアガペーである。家族愛とも呼ぶべきストルゲーというものもある。

このとき「先生」が出会ったものをエロスに還元することはこの小説の本質を見失うことになるだろう。このとき「先生」は受け容れられる「愛」、アガペーをはっきりと感じている。さらにいえば「先生」と「K」の関係は、フィリアとエロスの相克だったともいえる。

> 人間について見れば、花を観賞することはどうも恋愛の詩と時を同じくして起こっているようである。無意識のゆえに麗しく、沈黙のために芳しい花の姿でなくて、どこに処女(おとめ)の心の解ける姿を想像することができよう。原始時代の人はその恋人に初めて花輪をささげると、それによって獣性を脱した。

漱石の文章ではない。岡倉天心『茶の本』(村岡博訳)にある「花」の章、そのはじめに記された一節である。

『こころ』で描かれている「花」の役割を見るとき、天心のこの一節が思い出されてならない。とはいえ漱石が『茶の本』を読んだ確証はない。しかし可能性はある。

この本が英語で出版されたのは一九〇六(明治三十九)年、『こころ』が出る八年前である。その間に漱石は、天心の高弟横山大観との交わりを深めている。

一九一二(大正元)年に行われた文展に出品された大観の作品を見て漱石は、「強ひて特色を出さうと力めた痕迹なしに」描かれていながら新しく、その「芸術的生活の進化発展」を示すものになっている、とその作品を高く評価した(「文展と芸術」)。

師が英語で書き、世界がそれを認めた『茶の本』を大観が、敬愛する作家であり、英語が堪能だった漱石に手渡したとしても何も不自然なことはない。「こころ」の新聞連載が始まるおよそ七カ月前、天心は亡くなり、漱石は葬儀に参列している。

「花」と漱石の関係をめぐってもう一人、言及しておかなくてはならない人物がいる。西川一草亭(一八七八―一九三八)である。漱石とは「弟子」というべき関係にあった画家津田青楓(一八八〇―一九七八)の実兄であり、花道――一草亭は「華道」とはいわない――の去風流第七代の家元でもあった。

一草亭は文字通りの意味で「風流の人」だった。より精確にいえば、この人物によって「風流」という言葉が肉体を帯びたといってもよい。彼は書画もよくしたが、自宅の客室には「風流道場」と記された軸が掛けられていた。亡くなる前日にも「風流一生涯」と大書している。

漱石と一草亭がはじめて会ったのは一九一一(明治四十四)年、きっかけは青楓の存在だった。だが、次第に二人のあいだには青楓を介さない別個の友情が生まれている。それは漱石が亡くなるまで続き、さらに一草亭は漱石の没後十年、二十年の節目に漱石忌を主催している。

「こころ」の新聞連載が始まるひと月ほど前、一草亭から漱石に画帖が届く。書簡は付されていなかったようで、漱石は近くにいる青楓に、あなたの兄はこれに何か書けといっているのだろうかとその趣意を尋ねる手紙を出している。

新聞連載が終わり、『こころ』が刊行されると漱石はそこに漢詩を書き始める。後日、一草亭のもとに届くと彼は漱石の書に自らの絵を添えた。画帖のはじめに漱石の筆で「守拙」と書かれていることから、「守拙帖」と呼ばれ西川家に伝わっている。

そこには、しなやかだが強靱な叡知を兼ね備えた美があって、現代では失われつつある文人と呼ばれる者たちの境涯をかいま見るような心地がする。

一草亭は書物も多く残しているが、漱石はそれを知らない。一草亭が本を刊行し始めるのは漱石が亡くなってからだった。もっともよく読まれたもののひとつ『生花の話』の冒頭は次の一節から始まる。

花といふ物は非常に人の心を緩和する物でありまして、生花の目的も矢張り其の人心を緩和するといふ事にあるだらうと思ひます。

花道人である一草亭の原点だといってよい。同質のことは漱石も耳にしていただろう。『こころ』で生花の光景を描きつつ、漱石が一草亭を思わなかったと考える方が難しい。

先のように述べたあと彼は、きっと自分のように日々花にふれている者は、その有難味を知らないのかもしれないという。それは、飢え、渇きを感じてはじめて、食物が何であるのかを知るのと同じだろうからだ、とも語っている。

「先生」はたしかに、花の美——それを一草亭は「風致」という——を理解することはできたかもしれない。しかし、彼のこころは固く閉ざされ、「花」に飢えていた。「御嬢さん」が生けた花は、その凍ったこころを融かし出し、「先生」をふたたび生の現場に連れ戻す。このとき「先生」のなかで「花」は、生と愛の異名となったのである。

聖なる愛

『こころ』をめぐって、「心」とは何かを知りたい者にこの小説を送る、という主旨の「広告文」を漱石自身が書いたことはよく知られている。原文は次のように端的なものだった。

自己の心を捕へんと欲する人々に、人間の心を捕へ得たる此作物を奨む。

『こころ』が論じられるとき、必ず、といってよいほど取り上げられる一文だが、実は、漱石自身の言葉だという確証はない。原稿も残っておらず、原文に署名もないことから最新の『漱石全集』でも、先行する全集に収められてきたことを根拠に収録する旨が記されている。

発刊からすでに百年を超えて読み継がれている今日から見ると「広告文」はいかにもこの作品にふさわしいものに映る。しかし、『こころ』の本文、そしてこの本が刊行されたときに付された「序」

などと重ね合わせてみると、「広告文」は漱石自身の筆になるものかどうかが疑わしくもなる。

もちろん、漱石が「広告文」を事前に見て、承諾していた可能性はある。だが、そのとき漱石はこの一文がのちに自分の言葉として語り継がれることなど考えもしなかったのではないだろうか。

先に見た「広告文」とは別に、「予告文」という文章があってそこには次のように記されていた。「予告文」も、もともとは東京朝日新聞社の山本松之助に送った書簡のなかにあった一節で、いわゆる原稿の文章ではない。

> 今度は短篇をいくつか書いて見たいと思ひます、その一つ一つには違つた名をつけて行く積(つもり)ですが予告の必要上全体の題が御入用かとも存じます故それを「心(こころ)」と致して置きます。

この一文が発表されたのは、大正三年三月三十日、連載が開始されたのは同年の四月二十日で、その終了が八月十一日、九月には単行本が刊行されている。連載開始の三週間前まで、彼は自分が何を書こうとしているのか認識できていないのである。

「夢十夜」のような、一つの主題をめぐってさまざまな光景を描く短編連作を生むかもしれない、そう感じていた漱石が書き上げたのはこれまでにない様式の長編小説だったのである。

単行本の序文で漱石は、「予告文」では「数種の短篇を合してそれに『心』といふ標題を冠らせる積(つもり)だと読者に断わつたのであるが、其短篇の第一に当る『先生の遺書』を書き込んで行くうちに、予想通り早く片が付かない事を発見したので、とう〳〵その一篇丈を単行本に纏めて公けにする方針に模様がへをした」という。

「早く片が付かない」という表現の前を素通りしてはならないのだろう。彼は書くことによって自分のなかに何が宿っているのかを知ったのである。

その一方で「全体に『心』といふ見出しを付けても差支ないやうに思つたので、題は元の儘にして置いた」とも述べている。「心」あるいは「こころ」という主題だけははっきりと感じられていた。しかし、自分がどんな物語を書き始めようとしているのかを知らないまま、漱石は連載を始めたのだった。

言葉があまりに身近に感じられると、それが何であるかを慎重に顧みることが少なくなる。「心」の一語も、身近であるがゆえにその原義が見失われつつある言葉の一つだろう。

漱石の時代からすでにそうした傾向は、はっきりとあって、そこに彼がこの作品を書こうとした動機もあった。だからこそ彼は、連作短編が予想もしなかった長編の告白小説に変化していっても「心」という主題だけは手放さなかったのだろう。

この小説でいう「心」が、今日いう「意識」だけでなく無意識を包含するものであることは論を俟たない。しかし、それは個人的無意識の壁すら突破する、と語る人がある。意識界の専門家である河合隼雄だ。彼は最初の著作『ユング心理学入門』で『こころ』という書名の由来に思いを馳せながら自身の意識論とそれに付随する術語をめぐって次のように述べている。

psycheとは、意識的なものも無意識的なものも含めて、すべての心的過程の全体をさしているものであり、これを一応、「心」という日本語におきかえて、今まで用いてきた。これに対して、今はsoulが問題となるが、この意味は後に述べることにして、これを「こころ」と訳すことにする。ここに、「たましい」という言葉を用いなかったのは、これを宗教上の概念としての霊や魂などと混同されることをおそれるためである。そして、適当な訳語がないので、漱石が小説の題名にわざわざ平仮名を用いたのにならって、「こころ」と書いて、前述の「心」(psyche)と区別したわけである。

ここにユングの名前は出てこないが、本文ではユングの意識論の変遷が語られている。それをふまえて河合の言葉を再考してみる。

あるときまでユングは「心」を示す言葉としてpsycheを用いていた。psycheは、psychology〔心理学〕の語源となった言葉である。しかし、ある時期からpsycheのさらに奥の境域を指す言葉としてsoul(ドイツ語ではSeele)の一語を用いるようになった。それは「心」と峻別するために本来ならば「たましい」と表するべきなのかもしれないが、そこにはさまざまな誤認を惹起させる可能性がある。漱石が「こころ」と書いたように自分も「こころ」とひら仮名で書くことにする、と河合はいうのである。

この一節は河合が、「たましい」という表現を用いた最初の一文として注目してよい。河合からみれば、『こころ』という小説は、その本質においては無意識の奥にある「たましい」の世界を描き出したものに映るという。

信頼していた叔父一家に裏切られ、若き「先生」は「厭世的」になっていた。「先生」にとって叔父の家族が「人類の代表者」となり、「他は頼りにならないものだといふ観念が、其時骨の中迄染み込んでしまつた」(六十六)という状態にあった。人間への信頼を、ほとんど見失いかけていた「先生」のこころに一条の光をもたらしたのが「御嬢さん」だった。

「私は金に対して人類を疑つたけれども、愛に対しては、まだ人類を疑はなかつたのです。だから他から見ると変なものでも、また自分で考へて見て、矛盾したものでも、私の胸のなかでは平気で両立してゐたのです」(六十六)と「先生」は遺書でいう。

ここでの「金銭」は、目に見えるかたちで人間をつなぐものの象徴で、それは人間が造ったものでもある。その対極にあるものが「愛」である。それは不可視なものであり、ここでは、人が造ったものではなく、人に宿るものとして描き出されている。それは、人と人とのあいだに生まれでるいのちの息吹きでもある。

さらにいえば、「先生」が「私」に、自身の秘密を打ち明けようと決意したときのことにふれ、「私の心臓を立ち割つて、温かく流れる血潮を啜ろうとしたからです」(五十六)と述べていたように、ここでの「愛」は、「血潮」の淵源でもある。『こころ』という小説において「こころ」の一語がもっとも重要な鍵語であるのは想像に難くないが、それに劣らず重要なのは「愛」である。この言葉をめぐって「先生」は、それが信仰的世界を淵源とするものであるという。

私は其人に対して、殆んど信仰に近い愛を有(も)つてゐたのです。私が宗教だけに用ひる此言葉を、若い女に応用するのを見て、貴方は変に思ふかも知れませんが、私は今でも固く信じてゐるのです。本当の愛は宗教心とさう違つたものでないといふ事を固く信じてゐるのです。私は御嬢さんの顔を見るたびに、自分が美くしくなるやうな心持がしました。御嬢さんの事を考へると、気高い気分がすぐ自分に乗り移つて来るやうに思ひました。（六十八）

「先生」は、愛という言葉の背景に「宗教」あるいは「宗教心」との不可分なつながりを感じている。仏教において愛は、執着(執著)の一つとして「愛著」があげられるように、必ずしも肯定的な意味には用いられない。

「御嬢さん」の顔を見ると自分が美しくなる、という言葉は、「御嬢さん」の姿がまばゆいばかりに美しいという表現に終わるものではないだろう。むしろ、美しくした主体は「御嬢さん」という存在であるよりも、この女性を前にして、自分のなかに生まれた愛にほかならない、というのである。

死を決意した「先生」を、今なお驚かせているのは「御嬢さん」の美しい姿だけではない。愛の秘義というべきはたらきである。さらに「先生」は、自らに宿った愛が「肉」の世界に留まらない、さらなる高みの世界を志向するものであると語り始める。

もし愛といふ不可思議なものに両端があつて、其高い端(はじ)には神聖な感じが働いて、低い端には性欲が動いてゐるとすれば、私の愛はたしかに其高い極点を捕(つら)まへたものです。私はもとより人間として肉を離れる事の出来ない身体(からだ)でした。けれども御嬢さんを見る私の眼や、御嬢さんを考へる私の心は、全く肉の臭(におい)を帯びてゐませんでした。(六十八)

愛には二つの極がある、と「先生」はいう。また、その一つは「神聖な」ものであるとも述べる。先にも見たようにキリスト教では、恋愛をはじめとする熱情の愛を「エロス」と呼ぶのに対し、他者の痛みを映しとるような情愛を「アガペー」と呼ぶ。人はこの二つの愛の相克のなかで生きていく。『新約聖書』に収められた「ローマの人々への手紙」でパウロは、「肉の指図のままに生きる者は、肉のことを思い、霊に従って生きる者は、霊のことを思います」(8・5)と語っている。「先生」の心身に対する考えはパウロとさほど変わらない。

「先生」がキリスト者だったとはいわない。しかし、この「愛」をめぐる実感を見るだけでも、「先生」がキリスト教の霊性に接近したことがある事実は疑いをいれない。それは教会に通うなどの信仰生活を送ったことを意味しない。しかし「先生」のなかに苛烈なまでの求道の熱意があったことは、この一節からでも充分に伝わって来る。

この愛をめぐる実感は、若き日の思い出ではない。「今でも固く信じてゐるのです」という一節が如実に示しているように、彼が自ら命を絶とうとするときまで変わらなかったのである。

だが、この「愛」は「先生」を同時に試練へと導くことになる。彼は「愛(アガペー)」ゆえに親友の「K」を同じ屋根の下に迎え入れようとするのである。

直覚の人

『こころ』という小説は、登場人物の直観を抜きにしては物語が成り立たない。大きな出来事はしばしば、誰かの直観によって始まる。少しさかのぼるが、「私」が人混みから「先生」を見つけ出したときもそうだった。

ただ『こころ』では直観という表現は用いられていない。「直覚」という表現が幾度か出てくる。

何うしても近づかなければ居られないといふ感じが、何処かに強く働らいた。斯ういふ感じを先生に対して有つてゐたものは、多くの人のうちで或は私だけかも知れない。然し其私丈には此直感が後になつて事実の上に証拠立てられたのだから、私は若々しいと云はれても、馬鹿気てゐると笑はれても、それを見越した自分の直覚をとにかく頼もしく又嬉しく思つてゐる。（六）

ここでの「何処かに強く働らいた」というその場所が、「こころ」だというのだろう。人は、顔と顔を見合わす以前に「こころ」と「こころ」で呼応し合うことがある。「私」と「先生」の場合もそうだった。

その最初の衝撃を漱石は「直感」、そのあとから深まってくる手ごたえを「直覚」と書いているように思われる。

直覚は現代でいう直観と近似した意味で用いられているのだが、この作品の文脈からはやはり、「観」というよりも「覚」という文字がふさわしいように感じられる。共に仏教ではある状態を示す言葉だが、「観」は物事が見えて来る、という動きであるのに対して「覚」は、それが一瞬にして起こるさまをより強く映し出す。

それゆえに「覚」は強いはたらきももつが、人を迷わせることもある。

「先生」がこの「直覚」のはたらきを感じたと語るのは、彼が「御嬢さん」の家に下宿するようになってからしばらくした頃のことだった。「奥さん」は自分と最初に出会ったときから信用してくれている。それは理屈ではなく「直覚」のはたらきだと「先生」はいう。

私は男に比べると女の方がそれ丈直覚に富んでゐるのだらうと思ひました。同時に、女が男のために欺(だ)まされるのも此所(ここ)にあるのではなからうかと思ひました。奥さんを左右(そう)観察する私が、御嬢さんに対して同じやうな直覚を強く働らかせてゐたのだから、今考へると可笑(おか)しいのです。私は他を信じないと心に誓ひながら、絶対に御嬢さんを信じてゐたのですから。それでゐて、私を信じてゐる奥さんを奇異に思つたのですから。（六十九）

男性よりも女性の方が「直覚」において優れているのだが、それゆえに男性にだまされることもあるのではないか。また、「今考へると可笑しいのです」と語られているように「直覚」は、意識的な営為ではなく、より本能に近いはたらきである、と「先生」は感じている。

ここでの「直覚」は、単に何かを強く感じるだけのことではない。「先生」は「直覚」によって「御嬢さん」を愛し、信頼したという。「直覚」は不信を信頼に変えるほどの衝撃を与える。それは一種の「目覚め」だといってよいのかもしれない。それは「こころ」の本質を見ぬき、信用に値するかどうかを見極めることを指す。

『こころ』の登場人物でもっとも直覚が鋭いのは、「K」である。ほかの人々は天性の「直覚」によって世界を感じたが、「K」はそれを育てることに大きな熱情をささげた。「先生」と「K」のあいだは、通常の言語だけでなく、直覚のコトバが行き交っている。

「K」と「先生」は同郷で幼なじみだった。「K」の実家は浄土真宗の寺だったが、次男だった彼は、中学生のとき医師の家に養子に出された。子どものいない医師の家に入った「K」は、当然、医師になることを前提に育てられる。しかし彼のなかでは生家の影響が色濃く残っていた。

「Kは中学にゐた頃から、宗教とか哲学とかいふ六づかしい問題で、私を困らせました」（七十三）と

「先生」は書いている。そればかりか、「彼は普通の坊さんよりは遥かに坊さんらしい性格を有つてゐたやうに見受け」られたともいう。

高等学校への進学にあたって彼は「先生」と共に上京、二人は同じ下宿で三年間暮らしている。このとき「K」はすでに医師にはならないと覚悟を決めていた。「K」が歩き始めたのは、宗教とも哲学とも断定できない何かだった。

夏休みになると、「先生」は郷里に帰るが「K」は帰省せず、大学から遠くない寺にある一室に籠って勉強をする。そうした姿を見つつ、「先生」は「彼の生活の段々坊さんらしくなつて行くのを認めたやうに思」うと述べている。だが、「K」が目指していたのは僧になることではなかった。むしろ僧の境域を超えることだった。

あるとき、彼は手首に「珠数」を懸けていた。何のために使うのかと尋ねると「K」は、それを親指でたぐり、珠を数えるしぐさをしたという。その姿を見て「先生」はこう言葉を継いでいる。「彼は斯うして日に何遍も珠数の輪を勘定するらしかつたのです。たゞし其意味は私には解りません」(七十四)。

「珠数」は「数珠」と同じ読みだから、これを仏式の数珠であると理解するのが通常なのだろう。藤村の『破戒』にも「珠数」の文字は仏式のそれとして用いられている。だが、『こころ』の場合はそうとは限らない。「先生」と「K」の故郷は真宗の盛んな街だったから、仏式の数珠の意味が解らないという発言は出てきにくい。

「先生」が夏休みに帰省しているのは親に顔を見せるためでもあるが、盆を故郷で迎えるためである。盆の季節、僧侶は檀家の家を周り、仏壇の前で経を読む。そのとき家の者は数珠を手にして、その座に連なる。こうした慣例は私の時代にも生きていた。

「珠数」は、カトリックで用いるロザリオの可能性も否定できない。ロザリオを「珠数」と呼ぶ習わしがあったことは宮澤賢治の「銀河鉄道の夜」を読んでも分かる。「黒いバイブルを胸にあてたり、水晶(すいしょう)の珠数(じゅず)をかけたり、どの人もつつましく指を組み合せて、そっちに祈(いの)っているのでした」という一節がある。さらに先の一節のあとに続く言葉をみると、「K」とキリスト教の関係が無視できないものであることがわかる。

> 私は又彼の室に聖書を見ました。私はそれ迄に御経の名を度々彼の口から聞いた覚がありますが、基督教に就いては、問はれた事も答へられた例(ためし)もなかつたのですから、一寸(ちょっと)驚ろきました。私は其理由(わけ)を訊ねずにはゐられませんでした。Kは理由(わけ)はないと云いました。是程人の有難がる書物なら読んで見るのが当り前だらうとも云ひました。其上彼は機会があつたら、コーランも読んで見る積だと云ひました。彼はモハメツドと剣といふ言葉に大いなる興味を有(も)つてゐるやうでした。(七十四)

ここでの「私は又」という記述は、驚きが重なっていることを示す言葉になっている。見たことのない「珠数」、そして『聖書』の存在に、「先生」はいささか当惑している。「K」が暮らしていたのは寺だが、東京の部屋を領していたのはすでに仏教的な空間ではなかった。

「K」が仏教という枠を超え、キリスト教、そしてイスラームにまで関心の領域を広げようとしていて、特定の宗派の彼方にあるものを追求しているのがわかる。宗派的宗教の向こうに超越的なるものを希求すること、それを鈴木大拙は「霊性」と呼んだ。「霊性を宗教意識と言ってよい」と述べ、彼はこう続けている。

ただ宗教と言うと、普通一般には誤解を生じ易いのである。日本人は宗教に対してあまり深い了解をもっていないようで、或いは宗教を迷信の又の名のように考えたり、或いは宗教でもなんでもないものを宗教的信仰で裏付けようとしたりしている。それで宗教意識と言わずに霊性と言うのである。(『日本的霊性』)

宗派を超えたところに真に「宗教」と呼ぶべきものがある。しかし、日本人はこの言葉を精確に認識できていない。それゆえにあえて「霊性」という表現を用いる、というのである。

そして、彼はただし、といい、霊性と宗教の関係を次のようにも語っている。「宗教については、どうしても霊性とでもいうべきはたらきが出てこないといけないのである、即ち霊性に目覚めることによって初めて宗教がわかる」。霊性に目覚めることで本当の宗教が認識できるのではないか、それはそのまま「K」の問いであり、彼の実践だった。

もちろん漱石は『日本的霊性』を知らない。彼の没後二十八年が経過して出された本である。しかし、大拙は同質のことを一八九六(明治二十九)年に刊行された最初の著作『新宗教論』でも書いている。原文にはすべて傍点が付されており、句読点もないのだが、読み易さを勘案して、傍点を取り、句読点を補っている。

宗教は、胸に十字架をかけ、手に数珠を爪繰(つまぐ)り、口に「アーメン」と唱へ、「南無阿弥陀仏」と称ふるの辺にあるものにあらざるを確信す。宗教は、只死者のために没義の陀羅尼(だらに)を誦し、無味の経典を読み下す処にあるものにあらざるを確信す。(中略)吾人は実に、宗教は本来活潑潑地(かっぱつぱっち)のものにして、人生百般の行為を支配すべき一大原則なるを確信す。(「緒言」)

この本には大拙の師、釈宗演による序文が付いている。宗演はこの本を強く推す。一八九四年から翌年にかけて漱石は宗演のもとで参禅している。宗演が漱石に大拙の本をすすめたか否かは確証がない。だが、彼が大拙の書に記されているような宗教観、霊性観を持ち得る状況にいたことは否定できない。

たとえ、漱石がこの本にふれることがなかったとしても、大拙が書いた一節で「数珠を爪繰り」と記されていたのはロザリオであるのは間違いない。この言葉に導かれながら、次の一節を読むと、

『こころ』の場合も「珠数」はロザリオを示していて、そればかりか「爪繰る」という言葉を重ねてみるとそこに著しい共鳴——限りなく一致に近い——を感じずにはいられない。

円い輪になつてゐるものを一粒づゝ数へて行けば、何処迄数へて行つても終局はありません。Kはどんな所で何んな心持がして、爪繰る手を留めたでせう。詰らない事ですが、私はよくそれを思ふのです。（七十四）

「先生」は、なぜ「K」が「珠数」を手にしたか、だけでなく、爪繰る手を止めるとき「K」を領していた想念を、思わずにはいられなかったという。

祈りを始めるのに特別な動機はいらない。しかし、その終わりは何によって告げられるのか。「K」が求道する姿にふれながら「先生」は、祈りに終わりはあるのかという問いが、「K」だけでなく、いつの間にか自分をも捉えていたのに気がつくのである。

自分を破壊しつつ進む者

ある日、「K」は故郷にいる養父母や実の両親に、大学では医学を学んでいない、と告げる。待っている結果は明白だった。彼は、養子縁組を解消される。それればかりか生家からも勘当されてしまう。学生である彼を支える人はいなくなり、一気に生活が困窮する。

「K」の精神は頑強だが、肉体が強い方ではない。また、神経もけっして太い方ではなかった。自活のために学業と仕事を両立させようとした彼は、からだを悪くする。その姿を見て「先生」は、無理をするなと助言するが「K」の耳にはまったく届かない。それればかりか「K」は「学問が自分の目的ではない」(七十六)といって「先生」を強く驚かせる。

関心を抱いていたのが医学ではなく、別な学問であるなら、問題はさほど深刻ではなかった。「K」の行く先は定まっていたともいえる。学問にも終わりはないが大学卒業をはじめとした目印はある。しかし「K」が歩き始めた求道の生活には、何の道しるべもない。だからこそ修行者は師を求めるのだが、「K」にとってそれは書物と歴史のなかにいる人々だった。

「K」の熱情は収まらない。「意志の力を養つて強い人になるのが自分の考だ」と述べ、そのためには「成るべく窮屈な境遇にゐなくてはならない」、生活が一種の苦行となるのが望みだというのである。

だが、彼の肉体も意志もそれに随伴できない。「普通の人から見れば、丸(まる)で酔興です。其上(うえ)窮屈な境遇にゐる彼の意志は、ちつとも強くなつてゐないのです。彼は寧ろ神経衰弱に罹(かか)つてゐる位なのです」(七十六)と「先生」はその様子を書き記している。求めた「道」によって救われるはずが、「道」のために身動きができなくなっているというのである。

目の前で心身にほころびが出てきているのをはっきりと感じる「先生」は「K」の求道を止めたいと思う。だが、それができない。容易に口をはさめない見えない威力のようなものが「K」から発せられる。そしていつしか「先生」までも道を求めるような心持ちになってくる。

> 私は仕方がないから、彼に向つて至極同感であるやうな様子を見せました。自分もさういふ点に向つて、人生を進む積(つもり)だつたと遂には明言しました。(尤(もっと)も是(これ)は私に取つてまんざら空虚な言葉でもなかつたのです。Kの説を聞いてゐると、段々さういふ所に釣り込まれて来る位、彼には力があつたのですから)。最後に私はKと一所に住んで、一所に向上の路を辿つて行きたいと発議しました。私は彼の剛情を折り曲げるために、彼の前に跪(ひざ)まづく事を敢てしたのです。さうして

漸(やっ)との事で彼を私の家に連れて来ました。(七十六)

「先生」と「K」とのかかわり、そしてのちに「御嬢さん」を巻き込む関係のはっきりとした予兆がここにある。「K」は偶然、あの下宿に来たのではない。「先生」が頭を下げ、ほとんど「K」に師事するようなかたちで同じ場所に住むことを願い出たのだった。

「K」にとって転居は、修道の環境を整えることにほかならない。その勢いが止むはずがなかった。彼は、ある安心感のなかでいっそう烈しく道を求め始めているようでもあった。その様子を「先生」はこう書き記している。

> 仏教の教義で養はれた彼は、衣食住について兎角(とかく)の贅沢をいふのを恰(あたか)も不道徳のやうに考へてゐました。なまじい昔の高僧だとか聖徒(セーント)だとかの伝を読んだ彼には、動(やや)ともすると精神と肉体とを切り離したがる癖がありました。肉を鞭撻すれば霊の光輝が増すやうに感ずる場合さへあつたのかも知れません。(七十七)

寺の次男が高僧伝を読むのは自然なことだろう。親鸞の『教行信証』に見られるように浄土真宗では人から人へ伝わる、という教えの血脈を重んじる。だが、「K」の読書はそれに留まらなかった。彼は高僧伝と同様にキリスト教の聖人伝も読んでいる。「聖徒」とは、キリスト者のことを示すこともあるが、高僧と比較されていることからもカトリックの聖人であることはほとんど疑いがない。カトリックでは「聖徒の交わり」を重んじる。死者となった聖人は「生きて」いる、と考える。聖人および死者との交わりは今も、カトリックの重要な教義の一つになっている。

「鞭撻」とは、過酷な試練を強いること、「肉」における苛烈な経験は、「霊」が光り輝くのを準備する、そう「K」が信じているように映った、というのである。霊と肉の相関を描き出すところにはパウロの書簡の影響を見ることができる。「コリントの人々への第二の手紙」の十二章には次のような言葉がある。「わたしは、キリストと一致していた人のことを知っています」と述べ、パウロはこう語り始めた。

この人は、十四年前——体ごとであったか、体を離れてのことであったか分かりません。神がご存じです——第三の天にまで連れていかれました。そして、この人が——体ごとであったか、体を離れてのことであったか分かりません。神がご存じです——楽園にまで連れていかれ、口にするのも畏れ多い言葉、人間には語ることが許されていない言葉を聞いたのを、わたしは知っています。(12・2-4)

おそらく「K」はこの一節を読んでいる。そして、憧れてさえいるようにも感じられる。

ここでの「この人」はパウロである。パウロは、この世にある自分と聖なる世界へ導かれた自己を区別している。ひとは、この世にありながら、彼方の世界へ導かれ、そこで人間の言葉とは異なる「神」のコトバにふれることがある、というのである。

先に「K」が、カントと同時代の神秘家エマニュエル・スウェーデンボリの著作を読んでいるのにふれた。スウェーデンボリは、必ずしもパウロを高く評価しなかった。とはいえ、その存在を無視したわけではない。「K」が仮にスウェーデンボリに親しみを覚えていたとしてもパウロを軽視できないのは同じだったろう。

ともあれ、今、私たちはパウロをめぐる意見の相違よりも「K」の求道が、ある強度をもった神学と哲理に基づいたものであることを確認できればそれでよい。先に見た、「K」が聖人伝を読んでいたとの一節のあとに「先生」はこう続けている。

私は成るべく彼に逆(さか)らはない方針を取りました。私は氷を日向(ひなた)へ出して溶かす工夫をしたのです。今に融けて温かい水になれば、自分で自分に気が付く時機が来るに違(ちが)いないと思つたのです。(七十七)

「K」の求道は、氷のなかで独り、いのちを賭して行っているような、近づきがたい迫力がある。「氷」は外側からは溶けない。内側から溶解するのを待つしかないと思った、というのである。

親友に穏やかな道を歩いて欲しくて近くで暮らし始めたが、そのことが熱意を高める結果になっていることに「先生」は驚きを隠せない。何を求めているのかは分からない。しかし「K」の姿には傍観者がいたずらに口をはさめない。口論したとしても彼にはかなわない。彼は知の修道においても優れていた。

その様子は、イエズス会の創始者イグナティウス・デ・ロヨラを髣髴とさせる。ロヨラの自伝(『ある巡礼者の物語』)には次のような一節がある。

「聖フランシスコがしたことを、このわたしがしたとしたら、どうだろう。聖ドミニコがしたことを、このわたしがしたら、どうだろう」。このように、自分が発見したさまざまなよい事柄を思い巡らし、自分には難しく辛いことだけをいつもやっていこうと決心した。(門脇佳吉訳)

「先生」の遺書は、彼の自叙伝でもある。そして、『こころ』の言葉全体が、「私」の遺書である可能性もある。だが、「K」には遺書がない。しかし、先のロヨラの一節と同質なものがあったとしても驚かない。有言実行とは「K」の境涯を言い当てたような言葉だった。「口で先へ出た通りを、行為で実現しに掛ります」と述べたあと、「先生」はこう続けている。

彼は斯(こ)うなると恐るべき男でした。偉大でした。自分で自分を破壊しつゝ進みます。結果から見れば、彼はたゞ自己の成功を打ち砕く意味に於て、偉大なのに過ぎないのですけれども、それで

も決して平凡ではありませんでした。彼の気性をよく知つた私はついに何とも云ふ事が出来なかつたのです。（七十八）

「自分で自分を破壊しつゝ進」む、とは終わりなき求道の旅を生きる者の境涯を表現する言葉なのだろう。ここでの「破壊」は、肉体の破壊とともに霊的な新生を意味している。その姿を「先生」が「偉大」という言葉で語っているのは注目してよい。

「偉大」だと感じているのは、十余年前の「先生」であり、同時に亡くなろうとしている「先生」でもある。ここでの「偉大」とは、誰かと比べてその価値を相対的に語られた言葉ではない。その人固有の生の様相であり、また、人間を超えた何ものかの光に照らされているように感じるというのだろう。

熾烈な生を生きる「K」から見れば自分は「軽蔑に価してゐたかも知れません」と「先生」はいう。彼は「K」の志を否定しない。「然し眼だけ高くつて、外が釣り合はない」のを黙って見過ごすわけにはいかない。その様子を「先生」は「不具（かたわ）」だとすらいう。そして彼を「聖徒」の道から「人間」の道へと引き戻そうとする。

私は何を措いても、此際（このさい）彼を人間らしくするのが専一（せんいち）だと考へたのです。いくら彼の頭が偉い人の影像（イメジ）で埋（うず）まつてゐても、彼自身が偉くなつて行かない以上は、何の役にも立たないといふ事を

> 発見したのです。私は彼を人間らしくする第一の手段として、まづ異性の傍に彼を坐らせる方法を講じたのです。さうして其所から出る空気に彼を曝した上、錆び付きかゝつた彼の血液を新らしくしやうと試みたのです。（七十九）

「K」が「御嬢さん」に関心をもったのではない。「先生」がそのあいだを取り持ったのである。「K」の眼は、道だけを見つめようとしていた。そこに「御嬢さん」を立たせたのは「先生」だった。このとき「先生」が考慮に入れていなかったのは「御嬢さん」がもつ存在のちからだ。かつて花や琴を愛することのできなかった自分を取り巻く「氷」を、彼女によって一気に融かされたことを忘れていたのである。

求道者の恋

はじめて『こころ』を読んだとき——たしか高校二年生のときだったと記憶している——印象に深く残ったのは、「私」、「先生」、「K」という三人の男性だった。なかでも強く心に刻まれたのは「K」で、この小説の真の主人公は、「私」や「先生」ではなく、彼なのではないかと思ったほどだった。

彼の姿は、求道者という、今日では、いささか古めかしく聞こえる呼称を髣髴とさせた。何がそこまで駆り立てたのかをかいま見たい。彼の境涯の底にあるものをどうにかして感じ取ってみたい。この人物が埋めようとしている心の空白の正体を見極めたい、そう思った。

だが、年を経て、自分が「K」の年齢を超え、さらには「K」の父親のような歳になってくると、この小説への向き合い方にも変化が出てくる。読者は、「先生」の遺書によって「K」の生涯とその人格をかいま見るほかないのだが、読み進めていくうちに、「K」のなかにあって、「先生」によっては語り得ない何かに気がついていく。「K」を自分の眼で見られるようになってくるのである。

考えてみれば当然なのだが、「先生」には捉えきれない「K」の姿がどこからか浮かび上がってくる。さらにいえば、書かれなかった「K」の遺書をどうにか読み取ろうとする衝動のようなものが動きだす。

『こころ』という小説の深部をのぞきこむには「私」や「先生」の言葉だけを頼りにしてはならない。たとえば、「K」から見た「先生」、さらには「K」から見た「御嬢さん」の姿を、「先生」の遺書や「私」の告白に重ね合わせることができたとき、はじめて観えてくる何かがある。

「先生」と「K」の関係を考えるうえで、「御嬢さん」の存在が無視できないのは高校生の私にも分かった。だが、この女性に宿っている純潔の魔性ともいうべきちからが、いかに大きいかをある年齢までは理解できなかった。彼女がどんな人物だったのかを、その発言を辿ってみてもその核にはふれ得ないかもしれない。

彼女の言葉は、しばしば幼く映る。だが、その存在のちからは、氷のように冷たく、巌のように固く閉じていた「K」の心を開かせるほどに強靱なのである。

彼女は、この小説のなかでもっとも無意識的な生を送っている人物なのではないだろうか。自分の存在が、「先生」と「K」という二人の男性を精神の危機にまで追いやったことを、少なくとも「K」の自殺までは、ほとんど実感できていないのである。

そのはたらきの強さを理解できていなかったのは彼女自身だけではなかった。それは「先生」も同じだった。彼は、「K」を「人間らしく」するために「K」を「御嬢さん」へと近づけた。

自分の心もかつては凍りついていて、それが「御嬢さん」の存在によって融けたことは「先生」も分かっている。だが、このとき「先生」はすでに「御嬢さん」に「夢中になつて」いた。また「先生」は「御嬢さん」も自分に好意を持っていると感じている。少なくともそう思い込んでいる。

かつての自分がそうだったように、人間への——あるいは隣人への——関心と信頼を失いつつあった「K」が、それらを取り戻すこと、それが「先生」の望みだった。だが、「K」のような人物であれば、「御嬢さん」と接したとしても恋に落ちることはない、と「先生」は思い込んでいた。「最初からKなら大丈夫といふ安心があつたので、彼をわざ〳〵宅(うち)へ連れて来たのです」(八十二)と「先生」は遺書に書いている。

だが、結果は「先生」の思惑を大きく超えたものとなる。「夢中」だったことが「先生」の目をくらませた。「先生」は、心の氷は、外側からだけでなく、内側から融けることに、このときはまだ気がついていない。自分が身に受けた「御嬢さん」の心の熱量の大きさをまったく認識できていないのである。

しばらくしたある日、「K」は「先生」に「女はさう軽蔑すべきものでないと云ふやうな事を」言う。それが「K」による女性讃美の表現であることは「先生」も分かっている。以前まで「K」は、自分の求めている道においては、男性に比べ、女性はいささか劣ると思っていた。その考えを改めつつある、というのである。そのときの「K」の様子を「先生」はこう記している。

今迄書物で城壁をきづいて其中に立て籠つてゐたやうなKの心が、段々打ち解けて来るのを見てゐるのは、私に取つて何よりも愉快でした。私は最初からさうした目的で事を遣り出したのですから、自分の成功に伴ふ喜悦を感ぜずにはゐられなかつたのです。私は本人に云はない代りに、奥さんと御嬢さんに自分の思つた通りを話しました。二人も満足の様子でした。（七十九）

この言葉に嘘はないのだろう。「先生」は「御嬢さん」とは別の仕方で「K」を大切に思っている。「K」の人生に射し込んだ光を見ることは、わが身を照らされるようにすら感じている。だが、その光が「御嬢さん」との関係から発せられていることに、このときの「先生」はまだ、気がついていない。

計画通りに事が運んだかに見えた。しかし、それは取り返しのつかない悲劇の序曲だった。先の言葉の少し後には「先生」の複雑な胸のうちが語られている。

彼は学問なり事業なりに就いて、是から自分の進んで行くべき前途の光明を再び取り返した心持になつたのだらうか。単にそれ丈ならば、Kと私との利害に何の衝突の起る訳はないのです。私は却つて世話のし甲斐があつたのを嬉しく思ふ位なものです。けれども彼の安心がもし御嬢さんに対してであるとすれば、私は決して彼を許す事が出来なくなるのです。（八十二）

さらに、少し前には、「今から回顧すると、私のKに対する嫉妬は、其時にもう充分萌してゐたのです」(八十二)との一節もある。「先生」は、「K」が「御嬢さん」のことをどう感じているのかが気になって仕方がない。「御嬢さん」の気持ちがそれを凌駕する関心事となったことはいうまでもない。ある日、外から下宿に戻ると「K」の部屋の方から「御嬢さん」の声がする。二人が何か楽しげに話していたと思われるところを目撃することもあった。

別の日、「御嬢さん」と「K」が話している部屋を通り過ぎると「御嬢さん」は「先生」を見て笑う。何で笑われているのか「先生」には分からない。また、「御嬢さん」は、皆がいる夕食のとき、「先生」を「変な人」だということもあった。

遺書を読む私たちには、これらの記述だけでも「御嬢さん」が、どれほど強く「先生」をおもっていたかが充分に推察できる。「御嬢さん」は「K」との会話のなかで幾度となく「先生」にふれていただろうし、自分が「変」だとおもう「先生」の様子を「K」に話したこともあったのだろう。

「K」と「御嬢さん」の関係は、「打ち解けた」のであって、「親密」になったのではなかった。「K」は「御嬢さん」に恋をする。しかし、「御嬢さん」が同様のおもいを「K」に抱いたことはなかっただろう。

「先生」だけでなく、「御嬢さん」もまた、「先生」に「夢中」だった。ただ、彼女は「先生」を前にそれを直接表現することができない。

遺書で「先生」は、自分の心を赤裸々に語っている。しかし、それだからといって「先生」の感じているように現実が推移していたかどうかは別の問題として残る。「先生」は、自分の「御嬢さん」への気持ちを「K」は、まったく気がついていなかったと書いている。「K」を「鈍い人」だったというのである。

不思議にも彼は私の御嬢さんを愛してゐる素振に全く気が付いてゐないやうに見えました。無論私もそれがKの眼に付くやうにわざとらしくは振舞ひませんでしたけれども。Kは元来さういふ点にかけると鈍い人なのです。(八十二)

遺書を読んでいると、「鈍い」のはむしろ、「先生」の方だったようにも思われる。「K」は「先生」の気持ちをはっきりと感じている。それればかりか、彼は「御嬢さん」の「先生」への気持ちもまたよく分かっている。むしろ、自分の「御嬢さん」への好意が募れば募るほど、「K」には「先生」の心のありようがはっきりと見えてきたのではなかったか。

だが、二人の気持ちが理解できていれば「K」の「御嬢さん」への気持ちが恋に発展しない、というわけではない。そこに「K」の止み難い苦しみがあった。若き「先生」にとって「K」が唯一の友だったように、「K」にとって「先生」もまた、世にたったひとりの友だったのである。

同じ屋根の下に暮らす女性をめぐって親友の恋敵にならなくてはならない。その苦しみを真に味わったのは「先生」ではなく、「K」だった。「先生」が友でなければ自分は生き続けることさえ難しかったと「K」は感じていただろう。

「先生」の態度ははっきりしていた。「決して彼を許す事が出来なくなる」との言葉どおり、彼は「K」との関係よりも「御嬢さん」を取る、それが「先生」の決断だった。だが、「K」はそう生きられない。

ある日、露わにならない三角関係を感じながら「先生」と「K」は二人で房総へと旅に出る。「先生」は、旅のどこかで「K」の本心を聞き出したいと思っていた。

二人で海が一望できる岩に座り、漫然と時を過ごしているときのことだった。「先生」は、本を読んでいる。「時々眼を上げて、Kに何をしてゐるのだと聞」く。すると「K」は、「何もしてゐない」という。

「先生」は「傍に斯うぢつとして坐つてゐるものが、Kでなくつて、御嬢さんだつたら嘸愉快だらうと思ふ」、そして、「K」もまた、同じ思いを胸に抱いているのではないかと訝り、落ち着いていられなくなる。そればかりか、不意に立ち上がり、大声をあげた。「只野蛮人の如く」わめきたてた。

しかし、その怒号を聞きながら「K」は意外と平然としていたのかもしれない。「先生」はこう続けている。

> ある時私は突然彼の襟頸を後からぐいと攫みました。斯うして海の中へ突き落したら何うすると云つてKに聞きました。Kは動きませんでした。後向の儘、丁度好い、遣つて呉れと答へました。

私はすぐ首筋を抑えた手を放しました。（八十二）

自分がいなくなれば友と「御嬢さん」の恋は、祝福のうちに成就する。もし、友がそれを望むのなら、自分はそれで構わない。「K」はそう感じていたのである。

道化の出現

心には、ほかの誰も、あるいは本人すら入っていけない場所がある。漱石がこの小説で浮かび上がらせようとしたのも、そうした意味における「こころ」の時空だろう。

その「こころ」の深部を生涯を賭して探索したのがユングだった。『自伝』のプロローグでユングは、自身の考える「こころ」のありようを次のような印象的な言葉で、明瞭なビジョンと共に語っている。

「人間は、人間が統制することのない、あるいはただ部分的に支配するに止まる心的過程である」と述べ、自らにとって人生とは、「心的過程」の持続であり、その軌跡だったと語り、次のように言葉を続けている。

したがって我々は、自分自身についてもあるいはまた我々の一生についても何ら最終的な見解をもたないのである。もしそれをもっているとすれば、我々はあらゆるものをことごとく知ることができるだろうが、しかしそれはせいぜい空想にすぎない。

人は、自分の心は自分が一番よく分かっている、という空想からなかなか抜け出せない。その見えない呪縛から人間を解き放つこと、それがユングにとっての心理学だった。「K」を前にして「先生」がかいま見ようとしたのも、ユングがいうような、容易に踏み入ることのできない心の奥の部屋ともいうべき場所だった。

旅に出れば、環境も変わって「K」も緊張を和らげ、心を開いてくれるかもしれない。そうすれば、この親友の「御嬢さん」への気持ちも窺い知ることができる。そう考えて「先生」は、房州(今の千葉県)へ向かった。

だが、なかなか口火を切ることができない。腹を割って話をするのではなく、彼の素振りから何かをつかもうとする。そんな自分を「先生」は、「私は旅先でも宅(うち)にゐた時と同じやうに卑怯でした」と述べつつも、「K」の頑なな様相を前に、なす術のない戸惑いを遺書に記している。

私は始終機会を捕える気でKを観察してゐながら、変に高踏的な彼の態度を何(ど)うする事も出来なかつたのです。私に云はせると、彼の心臓の周囲は黒い漆で重(あつ)く塗り固められたのも同然でした。私の注(そそ)ぎ懸(か)けやうとする血潮は、一滴も其心臓の中へは入らないで、悉(ことごと)く弾き返されてしまふの

です。(八十三)

他者の心の深いところにふれようとするならば、「血潮」によって交わらねばならない。それが「先生」の常識であり彼の生きざまだった。現代人は、ここでの文脈と同じ意味で、血潮という言葉を用いない。それは熱情と念が入り混じった、熱く強いおもいだ。「思い」というより「念い」と書いたほうがよいような熾烈な情感なのだろう。だが、それも「K」に跳ね返されてしまう。

とはいえ、この言葉も「先生」からの実感に過ぎない。「K」は、応えなかっただけで「先生」から投げかけられる無言の問いかけをはっきりと感じていた可能性がある。「K」の心を探索するのに疲れた「先生」は、あるとき突然、「霊魂が宿替をしたやうな」不思議な経験をする。

斯んな風にして歩いてゐると、暑さと疲労とで自然身体の調子が狂つて来るものです。尤も病気とは違ひます。急に他の身体の中へ、自分の霊魂が宿替をしたやうな気分になるのです。私は平生の通りKと口を利きながら、何処かで平生の心持と離れるやうになりました。彼に対する親しみも憎しみも、旅中限りといふ特別な性質を帯びる風になつたのです。つまり二人は暑さのため、潮のため、又歩行のため、在来と異なつた新らしい関係に入る事が出来たのでせう。其時の我々は恰も道づれになつた行商のやうなものでした。いくら話をしても何時もと違つて、頭を使ふ込み入つた問題には触れませんでした。(八十四)

霊魂が自分の身体から出て、別の身体の中に入ったような感じになった、と記されているが、より精確にいえば、「先生」と「K」との間に自他の垣根がなくなったというのだろう。「K」の考えていることがすべて分かった、というのではない。ただ、自他の心の別がなくなる心の深みをかいま見た、というのである。

ここで「先生」は、この経験が自分にだけ起こったかのように述べているが、そう断言することはできまい。「先生」の魂が、「K」のそれと融合しているのだから、「K」にも特異な実感があったとしても驚かない。もし「K」の遺書があり、このときのことが記されていたら、彼もまた、同じことを述べているかもしれないのである。

このあとも旅は続いた。あるとき二人は、「人間らしい」という言葉をめぐって言い合いになる。「先生」は、この言葉を格別な意識をもって語ったわけではないのだが、次のような中傷めいたことを「K」にむかって言ってしまう。

君は人間らしいのだ。或は人間らし過ぎるかも知れないのだ。けれども口の先丈では人間らしくないやうな事を云ふのだ。又人間らしくないやうに振舞はうとするのだ。(八十五)

この言葉が、どれほど「K」を落胆させたか分からない。「先生」の言葉は「K」の耳には、超人のふりをするのはやめろと聞こえた。「K」は、親友にも道を求める意味が伝わらない現実を前に、ほとんど失望にも似た気持ちだったろう。そのときの状況を「先生」は遺書にこう記している。

> 私が斯う云つた時、彼はたゞ自分の修養が足りないから、他にはさう見えるかも知れないと答へた丈で、一向私を反駁しやうとしませんでした。私は張合が抜けたといふよりも、却つて気の毒になりました。私はすぐ議論を其所で切り上げました。彼の調子もだん／＼沈んで来ました。もし私が彼の知つてゐる通り昔の人を知るならば、そんな攻撃はしないだらうと云つて悵然としてゐました。Kの口にした昔の人とは、無論英雄でもなければ豪傑でもないのです。霊のために肉を虐げたり、道のために体を鞭つたりした所謂難行苦行の人を指すのです。Kは私に、彼がどの位そのために苦しんでゐるか解らないのが、如何にも残念だと明言しました。（八十五）

ここでいう「昔の人」は、キリスト教の修道者である。「霊のために肉を虐げ」る、という表現がまず、そのことを濃厚に示しているが、決定的なのは「道のために体を鞭つたりした所謂難行苦行の人」という一節である。

エルサレムで捕えられ、十字架にかかる前、イエスはユダヤ人たちに「鞭打たれ」ている。「ヨハネによる福音書」には、そのときの様子がこう記されている。

ピラトはイエスを連れていかせ、鞭で打たせた。兵士たちは茨で冠を編んでイエスの頭にかぶらせ、真紅のマントを着せた。(19・1-2)

この記述を根拠に、鞭打ちは、イエスの苦難をわが身に引き受けようとする者たちの修業へと発展していった。「K」が何の著作によって鞭打ちを知ったのかは分からない。しかし、「苦行」という表現でこのことにふれた著作は、日本にキリスト教を伝えたイエズス会宣教師の書簡などにもあり、読むことは難しくなかったと思われる。

「K」が洗礼を受けたキリスト者だったとはいわない。しかし、ある意味で彼は、教会に通う信者に勝るとも劣らない態度で、イエスが指し示した道を求めようとしているのは否めない。

苦行の道を生きるキリスト者の心持ちを熱く語る「K」を前に、「先生」はもっと「人間らしく」生きるべきだと言ったのだった。

「K」は、敬愛する修道者のように徹底して生きることのできない自分に苦しんでいる。さらにいえば「K」は、道を見出せないことよりも、求道上の苦難を「先生」と共有できないことを遺憾に感じている。

だが、旅を続けていくと、二人の様子にも少し変化が出てくる。強い日差しのなかを歩いた彼らは「真黒になつて東京へ帰り」着く。

このときはもう「人間らしいとか、人間らしくないとかいふ小理窟は殆ほとんど頭の中に残つてゐ」なかった、と「先生」はいう。「K」も「宗教家らしい様子が全く見えなくな」って、「霊がどうの肉がどうのといふ問題は、其時宿つてゐな」いかのように「先生」には映った(八十五)。「K」が「人間らしさ」を取り戻したように見えた。

旅から戻っての生活で、様子が変わったのは男二人よりも「御嬢さん」だった。それまでは、ときおり少女のような姿を見せていたはずの彼女は、ユングがいう「道化」のように「先生」と「K」のあいだを行き来するようになる。

彼女はどこかで二人の男性が自分に好意をもっているのを感じている。そのうえで、ときに無意識的であれ、男たちの心をかき乱すような行動をとる。あるときは「先生」の恋人のように、また、「K」の前ではこれから恋人同士になる者のように振舞う。

河合隼雄の「道化」をめぐる記述は「御嬢さん」にも当てはまる。道化は「王と対比させてみることが非常に効果的」だという。王が光の世界を司るとすれば「道化はいわば影の王としての意味を強くもっている」(『影の現象学』)というのである。

また、道化はときに「トリックスター」にもなる。「いたずら者」「ペテン師」などとも訳されるがと述べつつ、河合はそれを神話的世界の「道化」だという。この時期の「御嬢さん」は、単なる道化を通り越してトリックスターの相貌すら帯びている。

『こころ』という小説の深部は、「御嬢さん」という無垢な女性をめぐる親友同士の男たちの葛藤として見ているだけでは観えてこない。「御嬢さん」の「無意識」という存在が物語の展開に大きく関与している。そのはたらきは、「御嬢さん」が認識していない分だけ強い。

「治療者が無意識の世界に心を開いているかぎりその世界の住人が自由に活躍をする。かくして、必要な時にトリックスターがまったく無意識のうちに出現する」という河合の言葉はそのまま、「先生」と「K」のあいだにいる「御嬢さん」をめぐる記述として読むこともできる。

もちろん彼らは「治療者」ではない。だが、これまで見てきたように「先生」と「K」は無意識界とつながることを願って旅に出、それをある程度成就して戻ってきたのである。無意識界の扉を開いた二人と不可避的に交わりを深めることになる「御嬢さん」にも変化が訪れるのは、むしろ自然なことだった。

取り違えられた覚悟

求道者であり、こと女性に関しては、これまでほとんど真剣に考えたことがない者、それが「先生」の遺書で描かれる「K」の姿である。当時の「先生」には、そう見えたに違いないのだが、「K」の実像がその通りか否かは分からない。むしろ、それは部分的な真実である可能性が高い。「Kは昔しから精進といふ言葉が好でした」と述べたあと、「先生」はこう続ける。

私は其言葉の中に、禁慾といふ意味も籠つてゐるのだらうと解釈してゐました。然し後で実際を聞いて見ると、それよりもまだ厳重な意味が含まれてゐるので、私は驚ろきました。道のためには凡てを犠牲にすべきものだと云ふのが彼の第一信条なのですから、摂慾や禁慾は無論、たとひ慾を離れた恋そのものでも道の妨害になるのです。(九十五)

女性ばかりか、道のためにはすべての欲望を捨てなくてはならない、というのである。問題は、ここで用いられている「犠牲」の一語にある。

ここでの「犠牲」を英語の「サクリファイス」sacrifice の訳語として読んでみる。むしろ、「K」の境涯はそれを要求してくる。ここでの「犠牲」は日本語でいう「犠牲者」というニュアンスとは関係がない。時間を犠牲にしてある仕事を成し遂げた、という場合にも用いるが、キリスト教的な文脈においてはそれとは異なり、ある行為を神への捧げものとして、という意味がある。

先の語りは、「K」が、熱心に禁欲的な生活を送っていたことだけを示すのではなく、彼にとってはそれが、大いなるものへの見えない供物であったことを示している。「K」の行動の根拠となるような言葉が、『新約聖書』でパウロの書簡として伝わる「ヘブライ人への手紙」にある。

> 祭司はみな日ごとに祭儀を行い、同じような犠牲(いけにえ)を繰り返してささげますが、それらは決して罪を取り去ることはできません。これに反して、キリストは罪のために一つの犠牲をささげて、永遠に神の右に座られました。その後は、敵がご自分の足台として置かれる時まで待っておられます。こうして、キリストは、ただ一つの献げ物によって、聖なるものとされる人々を、永遠に完全な者とされたのです。(10・11-14)

イエスが誕生する以前は、牛や羊などの供物を神に捧げるのが通例だった。しかし、イエスは、神に自らを「犠牲」として捧げてから、目に見える献げ物は不要になった、というのである。「ただ一つの献げ物」は、イエス自らが十字架上で死んだことにほかならない。

こうした『新約聖書』の記述を受けて、あるキリスト者は、自らの行いを神にささげるようになる。すべての、ではない。キリスト者がすべて「K」のような禁欲に生きているわけではない。だが、求道のもっとも苛烈な道として「K」のような人物が生まれてくるのは理解できる。

「K」は、浄土真宗の寺の次男で容易に改宗できない。その分だけかえって、厳しく道を求めるようになったのかもしれない。

問題は「K」が女性をどのように考えていたかである。読者は「K」の告白があるわけでもないので、「先生」の言葉を鵜呑みにしがちだが、もし、「K」が、「先生」のいう通り、真摯に道を求める者であれば、「先生」よりもずっと、女性という存在をめぐって、考えをめぐらしていた可能性は充分にある。古今東西を問わず、異性は道を求める者にとって最大の誘惑であり、考えないようにするという程度では、到底、収まりがつかない。ある人にそれは、堕落と幸福を同時に感じさせる魔性のものにすら感じられた。

Kが自活生活をしてゐる時分に、私はよく彼から彼の主張を聞かされたのでした。其頃から御嬢さんを思つてゐた私は、勢ひ何うしても彼に反対しなければならなかつたのです。私が反対すると、彼は何時でも気の毒さうな顔をしました。其所には同情よりも侮蔑の方が余計に現はれてゐ

ました。（九十五）

こうした言葉を「先生」から聞かされると、「K」は女性にまったく関心がないように映る。しかし、現実は違った。「御嬢さん」と出会い、「K」の生活は一変する。また、ここで語られていることが、「K」の現実だと思うのは早計にすぎる。人は、しばしば、現実にある自分以上に、こうありたいと願う自分を、自分として語る厄介な生き物なのである。

ことに何かを求めているときほど、そうした傾向は強くなる。「K」は、「先生」に自分の信じていることを語っているだけで偽りを述べているつもりはない。しかし、求道はそれほど簡単にはいかない。

何の前ぶれもなく、「K」は、堰を切ったように「御嬢さん」への気持ちを「先生」に告げる。そのときの様子は、「先生」の遺書にこう記されている。

彼の口元を一寸眺めた時、私はまた何か出て来るなとすぐ疳付いたのですが、それが果して何の準備なのか、私の予覚は丸でなかつたのです。だから驚ろいたのです。彼の重々しい口から、彼の御嬢さんに対する切ない恋を打ち明けられた時の私を想像して見て下さい。私は彼の魔法棒のために一度に化石されたやうなものです。口をもぐ〳〵させる働さへ、私にはなくなつて仕舞つたのです。（九十）

その様子は、まさに告白と呼ぶにふさわしい。「K」の気持ちを明確に知っているのは「先生」しかいないのである。「K」の言葉を受け、「先生」は、「予覚は丸でなかつた」という。当時、「先生」は、自分のことを考えるのに懸命で、恋愛のちからを見くびっていた。「K」の心に恋愛の火を灯したのが自分である自覚が、このときの「先生」には、ほとんどない。

『こころ』という小説は、「こころ」という、理性の規則を打ち破り、しばしば説明することすら難しいものを人間の行動によって描きだそうとする試みだといってよい。言説は、意識で統御できる場合もあるが、行動は、あるとき理念や理想の壁を軽々と打ち破る。

意識で動いている人間は、説得できる。理知的に判断するからである。しかし、無意識のはたらきを強く受けつつ、行動する人間を止めるのは難しい。こと問題が恋愛の場合がそうだ。

「御嬢さん」をめぐる告白を聞いたあと、「K」の姿はついに「先生」に、言葉の通じない、「一種の魔物」のようにさえ感じられるようになる。

> 私は夢中に町の中を歩きながら、自分の室（へや）に凝（じつ）と坐つてゐる彼の容貌を始終眼の前に描き出しました。しかもいくら私が歩いても彼を動かす事は到底出来（でき）ないのだといふ声が何処（どこ）かで聞こえるのです。つまり私には彼が一種の魔物のやうに思へたからでせう。私は永久彼に祟られたのではなからうかといふ気さへしました。

私が疲れて宅(うち)へ帰つた時、彼の室は依然として人気のないやうに静(しずか)でした。（九十一）

このとき、「先生」が感じているのは畏怖というよりも恐怖だ。「先生」の前に「K」は肉体をもつ人間としてよりも、熱をおびた「こころ」として存在している。動かすことができない、というのは、「K」の厳とした意志の顕れを示すようにも映るが、物理的な力では動かすことのできない類のものに変貌してしまったというのである。

告白を聞いてからの「先生」の意識的な関心は一点に絞られる。「K」が、「御嬢さん」とその母である「奥さん」に自分の気持ちを伝えるつもりがあるかどうかだった。「利己」、このときの「先生」を表現するのに別な言葉は思い浮かばない。

彼は様々な方法でそれを聞き出そうとする。そして、「K」の「御嬢さん」への気持ちを鎮めることが容易ではないと分かった彼は、「K」をもう一度、求道の荒野に戻らせようとする。

「先生」は「K」に「精神的に向上心のないものは馬鹿だ」（九十五）と言う。

「私は二度同じ言葉を繰り返しました。さうして、其言葉がKの上に何(ど)う影響するかを見詰めてゐました」と「先生」は書いている。その姿はまるで、「魔物」に呪文を浴びせかける者のように映る。

「精神的に向上心のないものは馬鹿だ」という言葉を受けて「K」は、「馬鹿だ」と応える。そして、「僕は馬鹿だ」ともう一度繰り返した。

二人で行った房州への旅の最中、「先生」は、「K」に「人間らしい」という言葉を繰り返し使っていたのを先に見た。「K」は「人間らしい」者なのに「口の先丈では人間らしくないやうな事を云ふのだ。又人間らしくないやうに振舞はうとする」(八十五)と「先生」は語っていた。今、「先生」は、正反対のことを言おうとしている。「K」にふたたび、超人の道へ戻れ、というのである。

別なときも、「先生」は執拗に「K」に求道の生活に戻るように促す。「K」は、「先生」の言葉に耐え切れず、やめてくれ、という。弱気になった「K」を見て「先生」は、畳みかけるようにこう言い放つ。

「止めて呉れつて、僕が云ひ出した事ぢやない、もと〳〵君の方から持ち出した話ぢやないか。然し君が止めたければ、止めても可いが、たゞ口の先で止めたつて仕方があるまい。君の心でそれを止める丈の覚悟がなければ。一体君は君の平生の主張を何うする積なのか」(九十六)

この発言が、二人のあいだを分かつことになったのかもしれない。ここで「先生」が言った「覚悟」の一語は「K」の念頭を離れることはなかっただろう。

当然ながら、この時期の「K」は、自らの信念と情動、さらには行動のなかで大きな葛藤を経験しなければならなかった。

「先生」は、それを恋愛の力関係の問題だと考えている。しかし、「K」にとってそれは文字通り、いのちを賭した選択だった。「先生」から「覚悟」を問われると「K」の様子が変わる。

「すると彼は卒然「覚悟?」と聞きました。さうして私がまだ何とも答へない先に「覚悟、――覚悟ならない事もない」と付け加へました。彼の調子は独言(ひとりごと)のやうでした。又夢の中の言葉のやうでした」(九十六)と「先生」は書いている。

このとき「先生」は、「覚悟」の一語が、「K」の人生でどれほど大きな意味を持っているのかを理解していない。

「私は彼の様子を見て漸やく安心しました」(九十六)と「先生」はいう。恋敵は、求道の世界に戻ってくれそうなので安堵した、というのである。

怠惰という裏切り

『こころ』の主題は、漱石自身が広告文で語っていたように「こころ」の実相を究明することなのだろう。「自己の心を捕へんと欲する人々に、人間の心を捕へ得たる此作物を奨む」、端的だが、ある意味では自負の言葉でもあるこの一節は、この小説を読むとき、いつも傍らに据えておいてよい。だが筆者は、この素朴な事実を長く忘れていた。あるときまで『こころ』を、恋愛小説だと考えていた。

もちろん、小説に「正しい」読み方など存在しないから、恋愛小説だとする読者、論者がいてもかまわないのだが、もし、この小説の中核にあるのが恋愛や三角関係らしきものの昏迷であるなら、「K」は、真摯だが、大変に線の細い人物である、ということになる。

先に見たように、「K」の人格を理解しようとするとき私たちは、彼の純真無垢な性格よりも——ある意味ではそれゆえの——「覚悟」の一語に秘めた彼の決意から目を離してはならない。彼の「覚悟」は、あらゆる現象を踏み越え、その生涯を飲み込む力を有していた。「覚悟」の奥にどんなおもいが潜んでいるのかは、「先生」も、当初はまったくといってよいほど理解できていない。その上、不可解な分だけ不安は大きく募っていき、「K」が自分を出し抜いて、自らの気持ちを「御嬢さん」とその母親に伝えてしまうのではないかという疑念を払うことができない。

　所が「覚悟」といふ彼の言葉を、頭のなかで何遍も咀嚼してゐるうちに、私の得意はだん／＼色を失なつて、仕舞にはぐら／＼揺(うご)き始めるやうになりました。私は此場合も或は彼にとつて例外でないのかも知れないと思ひ出したのです。凡ての疑惑、煩悶、懊悩、を一度に解決する最後の手段を、彼は胸のなかに畳み込んでゐるのではなからうかと疑(うた)ぐり始めたのです。（九十八）

「先生」は、「K」が覚悟の人であることは分かり始めているのだが、「K」が秘めていた覚悟の色合いというべきものを認識できていない。この一節を「K」の自死に重ねてみる。「先生」の理解は、誤認を通り越して滑稽ですらある。

　しかし、しばらくすると「覚悟」のふた文字が、どこからともなく雲間を貫く「光」のような強さをもって「先生」に迫ってくると感じるようになる。「先生」は、先の一節にこう続けている。

　さうした新らしい光で覚悟の二字を眺め返して見た私は、はつと驚ろきました。其時の私が若(も)し此驚きを以て、もう一返彼の口にした覚悟の内容を公平に見廻したらば、まだ可(よ)かつたかも知れません。悲しい事に私は片眼(めっかち)でした。私はたゞKが御嬢さんに対して進んで行くといふ意味に其(その)言葉を解釈しました。果断に富んだ彼の性格が、恋の方面に発揮されるのが即ち彼の覚悟だらうと一図(いちず)に思ひ込んでしまつたのです。（九十八）

「先生」が、「御嬢さん」をめぐって「K」を出し抜くことがなければ、「K」がそうしていたかもしれない、という考えは成り立つ。しかし、それはやはりどこまでも「考え」だろう。

これまでも何度か「K」が、何よりも友情を重んじる人物だったことは見てきた。事実、「K」は、「先生」を出し抜くなど考えもしないから、自分の「御嬢さん」へのおもいを「先生」に伝えたのである。

「K」は、「先生」が、じつは自分も同じなのだと言うのを予想していたかもしれない。むしろ、その方が自然だろう。

二人は魅力的な女性と共に、ひとつ屋根の下で、ほとんどの食事を共にし、その気配を充分すぎるほど感じながら暮らしている。「K」が自分のおもいを語ったとき、「先生」が自身の心持ちを正直に語れば、「K」はそれを受け止めたかもしれない。

男の友情が恋愛に勝ることはある。小林秀雄と河上徹太郎は、若い頃からの親友で、深い信頼関係は終生変わらなかった。一九三七年、小林、河上が三十五歳になる年の出来事である。酒宴が終わって小林は、親しくしていた編集者野々上慶一と、ある友人のところへ行く。するとそこにはすでに河上が来ていて、ある女性と同衾しているところを見てしまう。

この女性は、坂本睦子という銀座で女給をしていた人物で、その店の客だった文学者たちを魅了した。河上だけでなく、小林もその一人だった。その日、小林はだまって眠りにつく。だが翌日、小林は野々上にこう語った。

「僕には女房も小さな児もいる。それでもムー公(坂本睦子のこと)のこと忘れられない、好きなんだ。しかし僕は、キッパリと諦める。僕にはムー公より、河上の方が大事なんだ。おぼえておいてくれ——」(野々上慶一『ある回想　小林秀雄と河上徹太郎』)

「先生」と「K」のあいだにあり得たであろう友情をおもうとき、河上と小林の交わりが想起される。複雑なおもいがありながら、小林と河上の友情は、続いただけでなく、深まっていった。

晩年、河上は、自身が書いた小林をめぐる文章をまとめた『わが小林秀雄』と題する本を出している。その「あとがき」に河上は、小林との六十余年の交友をめぐって次のような言葉を残している。

彼と私は、必ずしも相手がゐなければ生きてゆけぬといふ親友ではなかつたかも知れぬ。金の貸借もしなかつたし、家庭の事情の打明話をしたこともない。しかし、いはゆる厳密な共鳴といふのではないが、一つの管が鳴る時、他の一つが自づと自分の階音を発するといつたやうな、繫がり合つた生き方をして来たことは事実だ。

「厳密な共鳴」ではないが共振せずにはいられない、この言葉は、そのまま「先生」と「K」との関係に合致する。

しかし、二人にはそうした友情は生まれなかった。「先生」は「K」にだまって、「御嬢さん」の母親である「奥さん」に自分の心持ちを披瀝する。さまざまな機会を狙いつつも、うまくいかない。「先生」はついに仮病を使って「奥さん」と二人になれる機会を作る。

「先生」は「奥さん」に、「K」から何か特段のことを聞いていないか、と訊ねる。「奥さん」は何もないと答える。「先生」は、そのあとの沈黙に耐えられず、「奥さん、御嬢さんを私に下さい」という。

「奥さん」は急なことに驚き、返事に窮する。すると「先生」は、「下さい、是非下さい」、「私の妻として是非下さい」と言葉を重ねる。奥さんが、あまりに急ではないかというと、「急に貰ひたいのだ」という始末だった(九十九)。

もちろん、「先生」はこのあと、語ったのは急だったが、考えたのはそうではない、と説明をする。「奥さん」もどこかでこうなることを望んでいたのだろう。「先生」が下さい、というので「差し上げませう」と応じたが、そのあとすぐに「差し上げるなんて威張つた口の利ける境遇ではありません。どうぞ貰つて下さい。御存じの通り父親のない憐れな子です」と語った。

ほどなく「奥さん」は、「御嬢さん」に「先生」から結婚の申し出があったことを伝えることになるのだが、「先生」にその現場に立ち会う勇気はない。「先生」は行く当てもなく外出する。道の途中、彼は「御嬢さん」とすれ違った。家に戻れば、そこには「御嬢さん」ではなく、婚約者としての彼女がいる。だが、このとき彼はまだ、その意味の重大さがよく分かっていない。

婚約者は「先生」との二人の関係における存在だが、「御嬢さん」は、どこまでも「K」との三人の間柄での呼称だ。「御嬢さん」が、正式に婚約者になるには、ほかの誰でもない「K」の承諾がなければならない。「先生」は、「K」の気持ちを知る、世にただ一人の人なのである。それは、通念上の礼儀である以前に、人間としての「良心」の問題だった。

「Kに対する私の良心が復活したのは、私が宅の格子を開けて、玄関から坐敷へ通る時、即ち例のごとく彼の室を抜けやうとした瞬間でした」と「先生」は書いている。

いかに「K」に先んずるか、彼はそのことばかりを考えていた。しかし、「K」の関心は違う。先の一節に続けて「先生」はこう記した。

> 彼は何時もの通り机に向つて書見をしてゐました。彼は何時もの通り書物から眼を放して、私を見ました。然し彼は何時もの通り今帰つたのかとは云ひませんでした。彼は「病気はもう癒いの

か、医者へでも行つたのか」と聞きました。(百)

表現は穏やかだが、「K」の「先生」の体調を心配している何気ない一言は、「先生」の胸をつんざいたのではなかったか。

このときの「先生」はまるで、逮捕直前のイエスの前にいるユダのようだ。イエスは、ユダが自分を裏切ることを知っている。それにもかかわらずイエスは、ユダに向かって、「友よ、しようとしていることに取りかかりなさい」(「マタイによる福音書」26・50)と語ったのである。

「K」の言葉を聞いて「先生」は「其刹那に、彼の前に手を突いて、詫まりたくなつた」、このとき受けた「衝動は決して弱いものではなかつた」という。さらに「もしKと私がたつた二人曠野の真中にでも立つてゐたならば、私は屹度良心の命令に従つて、其場で彼に謝罪したらうと思ひます」とも述べている(百)。

しかし、ふたりは「曠野の真中」ではなく、社会で暮らしていて、「先生」は、とうとう「K」に謝罪することができない。その機会は二度と来ることはなかった。

それは「K」が自ら死を選んだからでもあるが、「先生」の遺書には、看過できない事実が記されている。

当初は謝罪するつもりだった「先生」は次第に弁解の言葉を探すようになり、ついには「何の弁護もKに対して面と向ふには足り」ないと感じはじめ、ついには、「卑怯な私は終に自分で自分をKに説明するのが厭にな」ったというのである。

この倦怠とも怠惰ともいえる気持ちは、二人の友情の交わりの輪を打ち切るほどの力をもっていた。イエスは、弟子たちに怠惰であることを戒めた。キリスト教では今も倦怠と怠惰は、愛に抗うものとして強く戒められる。ここでの怠惰の対義語は勤勉ではない。情愛である。もちろん、このときの「先生」は、自らの怠惰が、深刻な裏切りそのものであることにまったく気がついていない。

黒い光

「正直な路を歩く積（つもり）で、つい足を滑らした馬鹿ものでした。もしくは狡猾な男でした」(百一)、と「先生」は遺書で告白する。ただ、ここでの「正直」とは誰に対して貫こうとした「正直」なのか。彼は、この一節のあとに次のように言葉を継いだ。

「さうして其所（そこ）に気のついてゐるものは、今の所（ところ）たゞ天と私の心だけだつたのです」。自分と「天」しか知らなかったことを、今、「私」に語るというのである。

『こころ』には、いくつかの主題があるが、その最重要なものの一つに「告白」があるのはいうまでもない。「先生」だけではない。果たして人は、真に告白することができるのかというアウグスティヌス以来人間を悩ませ続けている問いである。

告白が、自分の意図することを語ることであれば、「先生」は、ある深度までは行うことができたかもしれない。しかし、「天」が知っていることとなると問題は簡単ではなくなる。心には、自分では到底知り得ない何かがある。このことを「先生」は、はっきりと感じている。そうでなければ「天」という言葉をあえて用いる必要もない。

「先生」は遺書を「私」のためにだけ書いているのではない。自分の心で何が起こり、そしてそれが今、どのような変転を遂げているのかを知るのを、切望しているのは彼自身なのである。遺書という逃げ道のない場所で言葉を紡ぐことで、自意識には隠れていて、「天」が知っている自分の心をかいま見ようとしている。

告白は暴露ではない。告白は、すでに知っていることを語る行為ではなく、他者に「語る」という営為のうちに隠れた自己、そして「先生」がいう「天」の声にふれようとすることでもある。

親友を出し抜いて結婚を成就しようと試みる。行いつつあることが愚行であることが分かっていても「先生」はもう、後戻りはできない。だが前に進もうとするには「K」に婚約が成立していることを告げねばならない。先の言葉のあとに「先生」はこう記している。

> 然し立ち直つて、もう一歩前へ踏み出さうとするには、今滑つた事を是非共周囲の人に知られなければならない窮境に陥いつたのです。私は飽(あ)くまで滑つた事を隠したがりました。同時に、何(ど)うしても前へ出ずには居られなかつたのです。（百一）

人は自分だけを守りたいと思うとき、ほとんど空想に近いことを実現しようともがくことがある。

滑る場所を闊歩しようとする。「滑つた事」と記されている出来事は、少なくとも二つの側面がある。一つは友である「K」を裏切っていること、そしてもう一つは、その裏切りを愛する人とその親に隠していることである。

下宿に「K」を招いたのは、「先生」がこの親友の身を案じたからだった。あまりに烈しい修道に「K」の心身が耐えられないのではないかと考えたからだった。「奥さん」や「御嬢さん」はそうした友を思う「先生」に好意と信頼を寄せている。「先生」もそれを失いたくない。だが彼は、信用の基盤を自らの手で打ち砕いた。それにもかかわらず、彼は、今より幸福になりたいと願っている。そうした自分を後年の「先生」は、「狡猾」だというのである。

「奥さん」に結婚にまつわる話をしてから五、六日経過したときのことだった。「奥さん」は「先生」に、どうして「K」に婚約のことを話さないのかと尋ねる。穏やかにそういったのではなかった。「奥さん」は「私を詰(なじ)」ったと「先生」は書いている。

話を聞いた「K」の心情は、想像に余る。だが、この一人の求道者の心情をいくばくかでも感じてみようとすることは、『こころ』の読者に託されたもっとも重要な営みではないだろうか。この答えのない問いに向き合うことなく、なぜ「K」が死なねばならなかったかを考えることはできないだろう。

「奥さん」の話を聞き、「先生」は「K」の反応が気になって仕方がない。「奥さん」はそのときのことを坦々と伝える。すると「K」は名状しがたい心情を押し殺して三つのことを口にしたという。「御目出たう御座います」、そして「結婚は何時(いつ)ですか」、最後に「何か御祝ひを上げたいが、私は金がないから上げる事が出来ません」、それだけだった。

「奥さん」が「K」に婚約のことを話した日から、「先生」がその事実を知るのに二日あまりの時間があった。「K」は何事もなかったかのようにこの日々を過ごしていた。その様子を「超然」という言葉で「先生」は記している。

「彼の超然とした態度はたとひ外観だけにもせよ、敬服に値すべきだと私は考へました。彼と私を頭の中で並べてみると、彼の方が遥かに立派に見えました」(百二)というのである。だが、この間、「先生」は、自分の保身のことばかり考えていた。「先生」は、自分と「K」との人格の差異を次のように記している。


「おれは策略で勝つても人間としては負けたのだ」といふ感じが私の胸に渦巻いて起りました。私は其時さぞKが軽蔑してゐる事だらうと思つて、一人で顔を赧(あか)らめました。然し今更Kの前に出て、恥を掻かせられるのは、私の自尊心にとつて大いな苦痛でした。(百二)

おそらく「K」は「先生」を軽蔑などしていなかった。むしろ、もし「K」が「先生」を軽蔑したなら、彼は死ななかっただろう。怒りは、人の生命に火を灯すからだ。このとき、「K」が経験しているのは失望でも落胆でもない。裏切りと絶望である。キルケゴールの言葉どおり、絶望こそ、「死にいたる病」なのである。

「先生」は、誇り高き人間である。若き彼が、つねに重んじていたのは「自尊心」だった。修道に身を細らせていく「K」を見過ごすことができなかったのは、「K」への友愛からでもあるが、困窮する友を見過ごしにする己れを受け入れられなかったためだろう。

これまでの「先生」はいつも、誰かを助け、支える者でありたいと願った。何かにおいて敬われる者でありたいと希った。彼にとってもっとも大きな困難は、己れの弱さを披瀝し、その愚かさにゆるしを請うことだった。

「先生」は逡巡する。身動きが取れないまま、翌日まで待とうと心に決める。

その日は、偶然、いつもと頭を反対側にして寝た。「K」の部屋と自分の部屋をへだてる襖が少し開いている。そこには「K」の姿が見えなくてはならないはずだった。「先生」は身を起こして「K」の部屋へ行く。

「先生」の遺書に「私は今でも其光景を思ひ出すと慄然とします」(百二)と記されているように、そこで「先生」が目撃したのは予想をはるかに超える出来事だった。「K」は自ら命を絶っていたのである。

> 私は暗示を受けた人のやうに、床の上に肱を突いて起き上りながら、屹とKの室を覗きました。洋燈が暗く点つてゐるのです。それで床も敷いてあるのです。然し掛蒲団は跳返されたやうに裾の方に重なり合つてゐるのです。さうしてK自身は向ふむきに突ッ伏してゐるのです。(百二)

「K」は、いつ逝ったのか。家に誰もいない昼間ではないことは洋燈が点っていることからも察せられる。彼は、「先生」が隣室にいることを知りながら、声ひとつあげずに自ら命を絶ったのだろうか。

声をかけるが返事がない。「先生」はもう一度「K」に呼びかける。しかし、何の応答もない。「先生」は、敷居の際までいき、「K」の部屋全体を見回す。このときの様子を「先生」はこう記している。

> 其時私の受けた第一の感じは、Kから突然恋の自白を聞かされた時のそれと略同じでした。私の眼は彼の室の中を一目見るや否や、恰も硝子で作つた義眼のやうに、動く能力を失ひました。私は棒立に立竦みました。それが疾風の如く私を通過したあとで、私は又あゝ失策つたと思ひました。もう取り返しが付かないといふ黒い光が、私の未来を貫ぬいて、一瞬間に私の前に横はる全生涯を物凄く照らしました。さうして私はがた〳〵顫へ出したのです。(百二)

光は、必ずしも光輝な姿をしてはいない。ときに漆黒のような重みをもって私たちの人生を襲うことがある。黒い光に照らされた人生、それがこのときから「先生」の宿命となった。「黒い光」に秘められたものをかいま見るとき、私たちは彼が死を選んだ理由の一端を知ることになる。

「先生」は「K」が亡くなっていることを認識すると、机上に遺書らしきものを見つける。あて先は自分だった。無我夢中で封を切る。だが、予期したような恨みの言葉は記されていない。

「何(ど)んなに辛い文句が其中に書き列ねてあるだらうと予期したのです。さうして、もし夫(それ)が奥さんや御嬢さんの眼に触れたら、何んなに軽蔑されるかも知れないといふ恐怖があつたのです。私は一寸(ちよつと)眼を通した丈で、まづ助かつたと思ひました」と「先生」は書いている。

このとき「先生」を領していたのは「K」の境涯でもなければ、「K」からの強い非難の言葉にどう対峙するかでもなかった。「奥さん」と「御嬢さん」という意中の人々の眼に自分がどう映るか、ということだった。「固(もと)より世間体の上丈で助かつたのですが、其世間体が此場合、私にとつては非常な重大事件に見えたのです」とも書いている。

「先生」の関心が自分に集中したのは、「K」の遺書に記されたものが、簡素なものだったからかもしれない。

内容は「抽象的」で「薄志弱行で到底行先の望みがないから自殺する」と記され、そこには今まで世話になったことへの礼の言葉、死後の片付け、「奥さん」への詫び、そして、自分の死を故郷に伝えることを頼む言葉も添えられていた。ただ、そこには「御嬢さん」にふれた言葉は何もない。

「先生」は「Kがわざと回避した」と書いているが、そこに籠められているのはそうした思いだけではないだろう。自分と「御嬢さん」の関係の痕跡を残さないこと、そして彼女への思いを「先生」の前であえて語らないこと、このことこそが、「K」が考えた、親友の婚儀に向けて、自分がなし得る、最大限の餞(はなむけ)だと考えたのではないだろうか。

ただ「K」の死は、「御嬢さん」をめぐる恋愛と無関係ではない。だが、そこに収斂するだけの現象ではないように思われる。むしろ、過度に恋事と結びつけることで私たちは重大な何かを見失うようにも感じられる。

空白の時間

「先生」は、自ら命を絶った親友の顔をひと目見ようとするが、できない。見たいと思う一方で、見る勇気がない。

重要なことから順番に削られたような遺書を残された「先生」は、亡くなった「K」の表情が、秘められたすべてを語り出すのではないかと恐れたのかもしれない。

深夜に「K」の自殺を知ってから、翌朝の六時前に「下女」を起こしに行くまでの数時間、「先生」は、この事実をひとりで受けとめなくてはならなかった。

うろたえるほか何もできることもない彼は、眠ることもない。朝までの時間は「永久に暗い夜が続くのではなからうか」(百三)とおもうほど長く感じられた。わが身が引き寄せられるような闇の引力を感じている。その心のうちを象徴するようにこの間、彼は部屋の「洋燈(らんぷ)」を点けたままだった。

人は、真実を文字を通じては書き得ない。そう感じさせるのはこうした場面だ。書かれる場所が遺書であってもその困難から人は自由になれない。親友の死に直面したときの恐怖と後悔、あるいは混乱をめぐって「先生」は何も語っていない。その代わりにこんな言葉を書き遺している。

奥さんは兎に角、御嬢さんを驚ろかす事は、とても出来ないといふ強い意志が私を抑えつけます。私はまたぐる〳〵廻り始めるのです。（百三）

「K」が亡くなった惨状を「奥さん」はともかく、「御嬢さん」には絶対に知らせることはできないと「先生」は強く思う。それは「御嬢さん」を深く傷つけることになる。「先生」は、「御嬢さん」に「K」の死の詳細を知らせたくなかった理由を次のようにも述べている。

御嬢さんにはKの生前に就いて語る程の余裕がまだ出て来なかつたのです。私はそれでも昨夜の物凄い有様を見せずに済んでまだ可かつたと心のうちで思ひました。若い美くしい人に恐ろしいものを見せると、折角の美くしさが、其為に破壊されて仕舞ひさうで私は怖かつたのです。私の恐ろしさが私の髪の毛の末端迄来た時ですら、私はその考を度外に置いて行動する事は出来ませんでした。私には綺麗な花を罪もないのに妄りに鞭うつと同じやうな不快がそのうちに籠つてゐたのです。（百四）

妻となる「御嬢さん」を陰惨な現実から守りたい。そうした気持ちが「先生」になかったとは思えない。しかし同時に、この記述をもって彼のおもいのすべてが刻まれているとも到底思えない。語らないことで守ったのは彼女よりも、自分だったのではないだろうか。書くという行為は、こころの封印を解き、未知なる自己との対峙という過酷なことを強いることがある。

だが、その一方で、書き得なかったがゆえに、おもいは、その人の心中で言葉とは別な姿をしてうごめくということもある。むしろ、真実の断片がこの遺書を通じて顕現するとしたら、そうしたもう一つの「コトバ」によってであることのほうが多いのかもしれない。

言葉の奥に、コトバによって刻まれた見えない文字を見出すこと、そこに読み手の重大な役割がある。コトバは、しばしば書き手の意識を超えて働く。「K」の亡骸を前にして「先生」は「奥さん」にこう語り始める。

> 「済みません。私が悪かつたのです。あなたにも御嬢さんにも済まない事になりました」と詫まりました。私は奥さんと向ひ合ふ迄、そんな言葉を口にする気は丸でなかつたのです。然し奥さんの顔を見た時不意に我とも知らず左右云つて仕舞つたのです。Kに詫まる事の出来ない私は、斯うして奥さんと御嬢さんに詫びなければゐられなくなつたのだと思つて下さい。つまり私の自然が平生の私を出し抜いてふら〳〵と懺悔の口を開かしたのです。（百二）

「先生」は、この深謝の言葉は「奥さん」へのおもいであると共に「K」へのそれでもあるという。しかし、そこに限定されないものであることも感じている。だからこそ「懺悔」という言葉を用いているのだろう。

懺悔とは、人が他者にむかって秘められた罪業を語ることに留まらない。それは他者を窓にして、人間を超えた者への語りかけになる。むしろ、そうであるからこそ、人は語る。

仏教でも「懺悔」という言葉は用いる。だが、この一語がキリスト教とより深く関係するものだったことはいうまでもない。キリスト教の秘跡のひとつでもある「告解」Confession をかつては「懺悔」と訳していた。アウグスティヌスやルソーの『告白』もまた『懺悔録』と訳されていた。

この二人の「告白」をめぐって太宰治が興味深いことを書いている。太宰の言葉は、「先生」の遺書を読む私たちに、ある里程標の役割を果たしてくれるかもしれない。

> ルソオの懺悔録(ざんげろく)のいやらしさは、その懺悔録の相手の、(誰か、まえに書いたかな?)神ではなくて、隣人である、というところに在る。世間が相手である。オーガスチンのそれと思い合わせるならば、ルソオの汚さは、一層明瞭である。けれども、人間の行い得る最高至純の懺悔の形式は、かのゲッセマネの園に於ける神の子の無言の拝跪(はいき)の姿である、とするならば、オーガスチンの懺悔録もまた、俗臭ふんぷんということになるであろう。みな、だめである。ここに言葉の運命がある。

安心するがいい。ルソオも、オーガスチンも、ともに、やさしい人である。人として、能うかぎり、ぎりぎりの仕事を為した。（「思案の敗北」）

人間が人間に向かって行う「懺悔」は、偽りの臭気から免れないと太宰はいう。しかし相手が、欺くことのできない超越者になるとき、臭いは少し和らぐ。そもそも懺悔は言葉で話し得ない。真にそれを表白したいと願うのであればペンを手放し、声を静め、跪き、それを体現するほかない、というのである。

この自覚が「先生」に無かったのではない。むしろ、「先生」はこのことを熟知していたから「K」をめぐって語ることをせず、彼の墓を訪れるのを止めなかったのである。しかし、彼には言葉で語らずにはいられないという業のようなものもある。彼だけではない。それも人間の生のありようなのだろう。書くことがそうであるように、人は語ることで語り得ないものを内に認識していく。

「K」の死の光景を「御嬢さん」に見せたくない、理由も語りたくない、という「先生」の希望は、一見したところ現象的に実現しているように映る。

「奥さん」に「K」の死を知らせたあと、後の始末はすべて彼女と「先生」で行った。「奥さんと私は出来る丈の手際と工夫を用ひて、Kの室を掃除しました。彼の血潮の大部分は、幸ひ彼の蒲団に吸収されてしまつたので、畳はそれ程汚れないで済みましたから、後始末はまだ楽でした」（百四）と

「先生」は書いている。

だが、問題は、「先生」が知らないところで起こっている可能性がある。先の一節には、次の言葉が続く。

> 二人は彼の死骸を私の室に入れて、不断の通り寐（ね）てゐる体（てい）に横にしました。私はそれから彼の実家へ電報を打ちに出たのです。

電報を依頼するには、ある時間を要する。少なくとも、「K」の亡骸を整え、線香を捧げる準備をし、「奥さん」が「御嬢さん」に簡潔にであれ、「K」の死を告げ、それを「御嬢さん」が悲しむことのできる時間の長さが横たわっている。そして「先生」は、この間に何が起こったのかを知らないのである。

さらにいえば彼は最後までこの空白の時間の存在を認識できなかったのかもしれない。「私が帰つた時は、Kの枕元にもう線香が立てられてゐました」と書いたあと「先生」はこう記している。

> 室（へや）へ這入るとすぐ仏臭い烟で鼻を撲（う）たれた私は、其烟の中に坐つてゐる女二人を認めました。私が御嬢さんの顔を見たのは、昨夜来此時（このとき）が始めてゞした。御嬢さんは泣いてゐました。奥さんも眼を赤くしてゐました。事件が起つてからそれ迄泣く事を忘れてゐた私は、其時漸（よう）やく悲しい気

分に誘はれる事が出来たのです。私の胸はその悲しさのために、何の位寛ろいだか知れません。苦痛と恐怖でぐいと握り締められた私の心に、一滴の潤を与へてくれたものは、其時の悲しさでした。（百四）

悲しむにもある心の平静さがいる。あまりに大きな悲しみを背負わされるとき、人は涙を流すことも、声を上げることもできない。耐えがたい痛みを感じることはできても、悲しみを感得できるとは限らない。

外から帰った「先生」は、涙する「御嬢さん」の姿を見て、自分もまた悲しむべき人間であることに気がつく。

だが、このとき彼の心の大きな部分を領しているのは自分だ。「御嬢さん」ではない。彼は「御嬢さん」がどんな思いで泣いているのかまで考えが及んでいない。「御嬢さん」は、自分が願った通り、「K」の死の、本当の理由を知らないままだと信じている。

はたして真実は、本当に彼が望んだとおりだったのだろうか。母親である「奥さん」が発したわずかな言葉のなかに、「御嬢さん」は鋭く事実を認識したのかもしれないのである。多くを語らない母親の姿にふれながら、知るべきことをすでに感じとっていたことも否定できない。このとき「御嬢さん」は、人を愛することの厳粛さを全身で知ることになったのかもしれない。

「先生」は、「K」との間に生んでしまった秘密を「御嬢さん」には語らないまま、この世を去ろうと思うと遺書に書いている。だが、本当に沈黙を守ったのは「御嬢さん」ではなかったか。そのことを母親から強く命じられていたようにすら思えてくる。「K」の死を前に大きく動じなかった「奥さん」の姿を見ているとそう感じる。

彼女が何も知らないように生きることで、「先生」がどれだけ助けられていたかは分からない。「先生」は、自らに沈黙を課すことによって「御嬢さん」の守護者になろうとした。しかし、現実は逆だったのかもしれない。

「御嬢さん」は何も知らなかったのではなく、知るべきことを知り、そのうえで「先生」がいつか「秘密」を語り始めるのをじっと待っていたのではなかったか。

夫が語り始めるまで、無知を生きる。それが彼女の人生の選択だったように思われてならない。

生の誇り

「K」の墓は故郷にはなく、東京の雑司ヶ谷にある。雑司ヶ谷霊園は、公営の墓地で、漱石の墓もここにある。

「K」が亡くなると、彼の父親と兄が上京し、「先生」と会う。そこで「先生」は、「K」と散歩でしばしばこの場所を訪れていたことを、「K」がこの場所を心から好んでいたことを父と兄に告げた。散歩に来たある日、この霊園への愛惜の念を語る「K」にむかって「先生」は、「そんなに好(すき)なら死んだら此所(ここ)へ埋めて遣(や)らう」(百四)という。

「先生」は「K」のおもいを熱く語ったのだろう。それが現実になった。「K」の父と兄がそれを承諾したのである。

理由は「K」がこの場所を愛したことだけではなかった。「私は私の生きてゐる限り、Kの墓の前に跪(ひざ)まづいて月々私の懺悔を新たにしたかつたのです」(百四)と「先生」は書いている。

「先生」にとって「K」の墓所は、死者が眠る場所ではなかった。「K」とスウェーデンボリの話をしていた「先生」にとって墓は、天界にいる「K」と地上界にいる自分との待ち合わせ場所だった。墓の場所が決まった経緯をめぐって「先生」は、「今迄構ひ付けなかつたKを、私が万事世話をして来たといふ義理もあつたのでせう、Kの父も兄も私の云ふ事を聞いて呉れました」(百四)と書いているが、問題はそれほど簡単ではなかったに違いない。

「K」は浄土真宗の家に生まれた次男である。本来であれば、彼は自分の家の墓に入るのがならわしである。だが、実家から勘当されていた彼は、亡くなっても帰る場所がなかった。家庭的な意味における「K」の孤立は、亡くなってもなお続いたのである。

「孤独」と「孤立」の別は、これまでも見てきた。孤独は、人間が独り在ることである。祈るとき、遺書を記す「先生」のように言葉を書くとき、あるいは、遺書を前にして「私」のように読むときもまた、人は独りでなくてはならない。

だが、孤立の様相はまったく異なる。それはある種の「追放」、それは実存的追放というべき出来事である。

人は身体的存在でありつつ、心的、あるいは「K」のように苛烈なまでに霊性的存在でもある。また人は、その人の生涯が単独に存在しているわけではなく、それに至る歴史があり、同時に未来にむかって発展していく可能性を秘めている。これらのある部分が、著しく損なわれるとき、実存的危機に瀕する。

家族、縁者からの孤立が、「先生」と「K」を結びつけていた。それは互いに意識されていた。二人は意見の衝突や価値観の違いはあっても、家社会から疎外された痛みを持つ者同士の共感と信頼を失うことはなかった。この細いつながりが、二人にとっての生命の導線だった。「先生」はそのことを知らなかったのではない。だが、「御嬢さん」との関係を作ろうとするときに彼はその糸を手放してしまう。

当初「先生」は、「K」の自殺は、失恋のためだと思っていた。失恋を強いたのが自分であることに耐え難い苦しみを感じていた。だがあるとき、それまでは揺らぐことのなかったそのおもいに、大きな亀裂が入る。真の理由は別なところにあるのではないかと感じ始める。

> 同時に私はKの死因を繰り返し〳〵考へたのです。其当座は頭がたゞ恋の一字で支配されてゐた所為でもありませうが、私の観察は寧ろ簡単でしかも直線的でした。Kは正しく失恋のために死んだものとすぐ極めてしまつたのです。しかし段々落ち付いた気分で、同じ現象に向つて見ると、さう容易くは解決が着かないやうに思はれて来ました。現実と理想の衝突、――それでもまだ不充分でした。私は仕舞にKが私のやうにたつた一人で淋しくつて仕方がなくなつた結果、急に所決したのではなからうかと疑がひ出しました。さうして又慄としたのです。私もKの歩いた路を、Kと、同じやうに辿つてゐるのだといふ予覚が、折々風のやうに私の胸を横過り始めたからです。
>
> （百七）

この一節は、『こころ』の核心だといってよい。かつて「K」が、そして「先生」が感じていた孤立を底にして見てみると、意見の相違も、信仰の違いも、あるいは恋愛をめぐる出来事も上澄みの出来事に映る、というのである。

「K」が亡くなったのは、一人の女性をめぐって「先生」の前に敗北したからではなかった。あれほど深く信頼した「先生」との関係からも追放されたことに耐えることができなかったからだ。それは「K」にとって「先生」との交友の歴史の否定であり、未来を無化するに等しかった。

だが、「K」の死を考えるとき、彼が尋常ならざる熱意をもった求道者だったことも見過ごしてはならない。失恋と友情の崩壊を経て彼は、多層的な絶望のなかで、常人がかいま見ることのない、存在の深層にふれたのかもしれない。その死は、実存の割れ目から湧出する熾烈な出来事に、彼の心身が耐えられなかったゆえの帰結だったのかもしれないのである。

夜だ！　それが、宿命の世界から
恵みのとばりを裂きはがして
遥か彼方に投げ棄てる。
すると突然、我々の目の前にむき出しになるのだ、
恐怖と霧にとざされた深淵の姿が。

そして我々はそれとじかに向い合う。
だからこそ、夜はあんなに恐ろしいのだ。（井筒俊彦訳『ロシア的人間』）

十九世紀ロシアの詩人フョードル・チュッチェフの「昼と夜」と題する作品にある一節である。ここで「夜」と謳われる存在の深淵を「K」は覗き込んだのではなかったか。「夜」との遭遇、それは常人には耐えられない。この詩人の境涯をめぐって井筒俊彦は、次のように述べている。

詩人の魂は、人間の眼が本来見てはならないもの、宇宙の根源的暗黒、かの太古のカオスを目撃する。一切の存在の最も深い根柢にひそむ、絶対に非合理的な存在の根源、「神」とは正反対の恐ろしい「何ものか」を見てしまうのだ。（『露西亜文学』）

さまざまな意味での失意が、「K」が自ら死を選ぶ契機になった。だが私たちは、「K」がその理由を語らないまま逝ったという厳粛なる事実を無視して、安易にこの世の理由にだけ当てはめ、その死を終わりにしてはならない。謎を解き得たと思うとき、私たちは自分が、思ってもいない迷路にいることを忘れている。
「K」の最期を思うとき、それがいわゆる社会で起こった単層の死ではないことを忘れてはならないのだろう。

「御嬢さん」と結婚してからのことだった。ある日、彼女が「先生」に「K」の墓参りをしようという。「先生」が理由を尋ねると彼女は「二人揃ってお参りをしたら、Kがさぞ喜ぶだろう」からだという。

妻と二人で墓に行っても「先生」は自責の念が募るばかりだった。「新らしい墓と、新らしい私の妻と、それから地面の下に埋められたKの新らしい白骨とを思ひ比べて、運命の冷罵を感ぜずにはゐられなかつた」(百五)と書いている。

「御嬢さん」は、「K」の墓を撫でながら、立派だと語る。「先生」は、その言葉を受けて「其墓は大したものではないのですけれども、私が自分で石屋へ行つて見立たりした因縁があるので、妻はとくに左右云ひたかつたのでせう」(百五)と書いている。

二人で墓参りに行ったのは、これが最初で最後になった。「先生」は、妻は自分と「K」とのことを何も知らないと思っている。それればかりか、妻は、自分と「K」とのことを何も考えていないと信じ込んでいる。純真な妻が、自分と「K」との間に起こった出来事を知ったら、その心を汚すことになる。妻にはどこまでも清らかな心のままであってほしいと願っている。

「先生」は「K」とのことを妻に話そうとしたことがなかったのではない。むしろ、何度もあった。そのたびに、「間際になると自分以外のある力が不意に来て私を抑え付けるの」だった。

話せば妻がそれを許してくれるのは分かっていた。だが「妻の記憶に暗黒な一点を印するに忍びなかつたから打ち明けなかつたのです。純白なものに一雫の印気でも容赦なく振り掛けるのは、私にとつて大変な苦痛だつた」(百六)というのである。

ここに記されている「先生」の気持ちに偽りはないのだろう。彼は、書いた通りのことを実践した。だが、彼が妻に語らなかったということと、妻が本当にそのことを知らなかったかは別問題である。妻は、すべてを知り、夫と共に暮らしていたのかもしれない。夫にそれを語らせなかった「自分以外のある力」とは妻のおもいだったのかもしれないのである。語らないことで「先生」は誇りを守った。どこまでも愛する人の誇りを守りたい、それが妻となった「御嬢さん」の悲願だったようにも思われる。

「先生」は、親類からも見放された「K」の墓参をしているのは自分だけだと思っていたかもしれない。たしかに妻となった「御嬢さん」は、夫と共に墓参りに行くことは二度となかった。だが、彼女があの日以降、「K」の墓を訪れていないかどうかは分からない。彼女にも「K」との間で話さなくてはならないことはあったはずだからである。

結婚生活は当初、必ずしも順調ではなかった。「先生」は妻に心を開くことができず、「K」に対する呵責の念が募ってくる。また、彼は自分のなかに、かつて自分が唾棄するほどに嫌った人間の狡猾さがあることに耐えられなくなる。

世間は何うあらうとも此己は立派な人間だといふ信念が何処かにあつたのです。それがKのために美事に破壊されてしまつて、自分もあの叔父と同じ人間だと意識した時、私は急にふら〳〵しました。他に愛想を尽かした私は、自分にも愛想を尽かして動けなくなつたのです。(百六)

「先生」は、誠実な人物だが、思い込みが強い。静かな人格であるとも感じられるが、「K」に劣らず、内に燃えるものは熱く、その心の扉の奥に入ることはできない。入ることができないのは彼自身も例外ではなかった。

遺書なのだから、本当に感じていることを書きたい、そう「先生」は願っている。だが、その願いがあまりに強いからかもしれないが、彼は、自分が見えていない世界があることを充分に認識できていない。

こうした言葉を「私」はどう読んでいたのか。師である「先生」に「先生、違います」と呼びかけたことはなかったのだろうか。

庇護者の誤認

「K」が亡くなってから「先生」が、耐え難い孤立を感じながら生きたことは否めない。しかし、世界が彼の実感どおりだったかは別の問題だ。

ある日、妻がふさぎがちな「先生」に、「Kさんが生きてゐたら、貴方(あなた)もそんなにはならなかつたでせう」と言う。彼も、そうかも知れない、と応えつつ、心中ではまったく違ったことを思っていた。

私は左右(そう)かも知れないと答へた事がありましたが、私の答へた意味と、妻の了解した意味とは全く違つてゐたのですから、私は心のうちで悲しかつたのです。それでも私は妻(さい)に何事も説明する気にはなれませんでした。

私は時々妻(さい)に詫(あや)まりました。それは多く酒に酔つて遅く帰つた翌日(あくるひ)の朝でした。妻は笑ひました。或(あるい)は黙つてゐました。たまにぽろ〳〵と涙を落す事もありました。(百七)

遺書を書きながらも彼は、自分の記憶と実感を疑わない。自分の苦しみは、一番近くにいる妻にも分かるまいと信じ込んでいる。だが、本当にそうだったのだろうか。誤っていたのは「全く違つてゐた」と感じていた「先生」の方だったのかもしれないのである。

妻はあるとき、「先生」に「男の心と女の心とは何うしてもぴたりと一つになれないものだらうか」という。「先生」は「若い時ならなれるだらうと曖昧な返事を」する。それを聞いた妻は「自分の過去を振り返つて眺めてゐるやう」だったが、「やがて微かな溜息を洩ら」(百八)す。

男の目から見て頼りなさそうに映る女性も、男が思うほど弱くない。むしろ、男の方が、芯に脆さを抱えている場合が少なくない。

心を一つにしたい、そう語った妻は、自分たちの関係は、助ける助けられる関係ではなく、人生の試練を前にするときも、ふたりで生き抜いていくと決めたのではなかったか、と夫に問い返しているのである。

「先生」は、最後まで妻の庇護者であろうとする。自殺を思いとどまらせたのは、妻をひとりにすることができないからだとも述べている。懸命に誰かを守ろうとする者は、自分もまた、護られていることに気がつきにくい。

遺書にあるとおりの逝き方をしたのなら、「先生」は、妻が自分の亡骸を見て、衝撃を受けないために霧の彼方に姿を消す者のように自ら命を絶ったのだろう。

> 私は妻に残酷な驚怖を与へる事を好みません。私は妻に血の色を見せないで死ぬ積です。妻の知らない間に、こつそり此世から居なくなるやうにします。私は死んだ後で、妻から頓死したと思はれたいのです。気が狂つたと思はれても満足なのです。（百十）

たとえ、この遺書を読むことがなくても妻は、夫を充分に理解できていなかった自分を責めただろう。それはときに心から血の涙が滴り落ちるほど烈しく、自分を責めることになったようにも思われる。もし筆者に、この小説の続編を書く力量があったら、一人残された妻が、手紙や祈り、あるいは怒りの言葉をもって、死者となった夫に問いかける姿を描き出すかもしれない。

いっぽう、自分の死が、それほどの大きな苦しみになることを、遺書を書き進めながら「先生」はどれほど感じていただろうか。もちろん「先生」にも抗いがたい理由があった。「妻が見て歯痒がる前に、私自身が何層倍歯痒い思ひを重ねて来たか知れない位です」と「先生」は書く。それを「苦しい戦争」とさえも呼ぶ（百九）。

罪の意識は「影」となって「先生」の心を領していく。「私の胸には其時分から時々恐ろしい影が閃めきました」と書き、「先生」はこう続けた。

> 初めはそれが偶然外から襲つて来るのです。私は驚ろきました。私はぞつとしました。然ししば

> らくしてゐる中に、私の心が其物凄い閃めきに応ずるやうになりました。しまひには外から来ないでも、自分の胸の底に生れた時から潜んでゐるもの丶如くに思はれ出して来たのです。私はさうした心持になるたびに、自分の頭が何うかしたのではなからうかと疑つて見ました。けれども私は医者にも誰にも診て貰ふ気にはなりませんでした。（百八）

当初「影」は、外部からやってきて「先生」を包むように感じられた。だが次第に外からではなく、内から湧き上がってくるもののようになり、ついには、いかようにしてもそれから逃れ得ないと感じるに至る。

異様な体験だが、「先生」は自分の精神が病んだという認識には傾かない。「生れた時から潜んでゐるもの丶如くに思はれ出して来た」という言葉からも推察できるように、それを打ち消し難い宿業あるいは、容易に許されない「大罪」のように感じるのだった。

ある人は、こうした「先生」の罪をキリスト教のいう「原罪」だと指摘するかもしれない。原罪が存在するとすれば、それは万人にとって逃れがたいものだから、「先生」にも無関係ではない。「先生」は、「K」と過ごすうちに原罪が何であるかを知るようにはなっていただろう。だが、「先生」の最期を考えるとき、それだけでは終わりにできない。

その罪を感じる心が自分を「Kの墓へ毎月行かせ」、「妻の母の看護をさせ」たと「先生」はいう。この罪の意識が「妻に優しくして遣れ」と「命じ」るのだという(百八)。罪業感にさいなまれた「先生」は、道行く人に鞭で打たれたいとすら思ったことがあったとも書いている。

しかし、次第に「自分で自分を鞭つ可きだといふ気にな」る。だが、鞭打つよりも「自分で自分を殺すべきだといふ考が起」こる。だが、すぐには実行できない。「仕方がないから、死んだ気で生きて行かうと決心」する（百八）。

「死んだ気で生きて行かう」とすることは、ある意味では死から遠い。生きることが自身への厳罰だからだ。だが、それとはまったく異なる決断が突然訪れる。「私」が帰省しているとき、「先生」は自ら命を絶つと決意する。彼はその理由を次のように述べる。

> 私がこの牢屋の中に凝としてゐる事が何うしても出来なくなつた時、又その牢屋を何うしても突き破る事が出来なくなつた時、必竟私にとつて一番楽な努力で遂行出来るものは自殺より外にないと私は感ずるやうになつたのです。貴方は何故と云つて眼を睜るかも知れませんが、何時も私の心を握り締めに来るその不可思議な恐ろしい力は、私の活動をあらゆる方面で食ひ留めながら、死の道丈を自由に私のために開けて置くのです。動かずにゐれば兎も角も、少しでも動く以上は、其道を歩いて進まなければ私には進みやうがなくなつたのです。（百九）

自死を「選択」したのではない。その他に道がなかった、というのである。

故郷に戻る「私」に「先生」は、九月になったらまた会おうと言った。そのとき「先生」は本当にそう思っていた。「嘘を吐いたのではありません。全く会ふ気でゐたのです。秋が去つて、冬が来て、其冬が尽きても、屹度会ふ積でゐたのです」(百九)とも遺書には記されている。

だが、夏、暑さが増して来たとき、明治天皇が「崩御」する。乃木希典が、明治という時代に、あるいは明治天皇に殉じたように、自分も死ぬかと「先生」はいう。むしろ、死なねばならないという、どこからともなくやってくる促しに抗うことができない。

それから二三日して、私はとう〳〵自殺する決心をしたのです。私に乃木さんの死んだ理由が能く解らないやうに、貴方にも私の自殺する訳が明らかに呑み込めないかも知れませんが、もし左右だとすると、それは時勢の推移から来る人間の相違だから仕方がありません。或は箇人の有つて生れた性格の相違と云つた方が確かも知れません。(百十)

ここで「先生」がいう「人間の相違」とは、殉死という選択の有無だろう。自分にはあって、「私」にはないかもしれない、と「先生」はいう。「私」にとって殉死が不可解になるのは、「時勢の推移」ばかりではない。問題は、「先生」は何に殉じたかだ。

「K」が、キリスト教に著しく接近していたことはすでに見た。「先生」もそのことを知っている。自分は「K」から愛する人を奪い、彼を自殺に追いこむ、という二重の許されざる罪を犯した、それが「先生」の確認だった。

当時のカトリックは、自殺に対して今日よりもずっと厳格だった。その罪は深く、私が幼いころでさえ、自ら命を絶った者は、天国と地獄の間にある煉獄で苦しまねばならず、教会で葬儀を行うことができないという話が、しばしば聞かれた。「K」と「先生」の時代ではより厳しい対応が待っていたことは想像に難くない。

「先生」が自殺しなくてはならなかった最大の理由は、死ののち、「K」がいるところへ行かねばならないという思いだったのではあるまいか。

先に「K」が亡くなったのは、失恋のためだけでなく、「たった一人で淋しくつて仕方がなくなつた」(百七)からではないかと「先生」が書いていたのを見た。死を決意した「先生」は、これ以上「K」を一人にしておくわけにはいかない、そう感じたように思えてならない。それが天国でなかったとしても彼はいっこうにかまわなかっただろう。むしろ、「先生」は、自分がおのれの罪を妻に告白し、それが許され、「K」とは別の世界に行かなくてはならないことをこそ恐れたのではなかったか。

「K」は求道者である。しかし、「先生」もまた、親友と強く共振する魂の持主だったことを私たちは、これまで幾度も見て来た。「先生」にとっても来世は空想の場所ではなかった。それは「K」も読んでいた神秘家エマニュエル・スウェーデンボリの著作ほどなまなましく感じられたかどうかはともかく、「先生」にとって来世は、死者の存在と同じく、現実味を帯びた「場所」だったように思われる。

遺書の終わり近く「先生」は、「私は私の出来る限り此不可思議な私といふものを、貴方に解らせるやうに、今迄の叙述で己れを尽した積です」（百十）と書いている。この言葉に偽りはないのだろう。しかし、自死という厳粛な出来事の根本にある何かは到底言語で言い表せるものではない。事実、「不可思議な恐ろしい力」と記すほか、「先生」も言葉を持ち得なかった。さらにいえば、彼は、「K」のもとへと行かねばならないという促しのほか、明らかな理由は分からなかったかもしれない。

しかし、明確に認知できていないということと、その促しが幻想であることは関係がない。『新約聖書』のみならず、ユダヤ教やイスラームの預言者を訪れる啓示も同様な顕現の仕方をする。

生者の眼に「先生」の死は、自己を罰する者の姿であり、逃れがたい業のようなものに連れ去られる者にも映るかもしれない。だが、死者の目線で見たとき、筆者には、ようやく訪れた「K」と「先生」の間で交わされた和解の成就にも映じる。

彼岸にむかって歩いてくる「先生」を「岸」の向こうで待っていたのは、「K」だったのではないだろうか。死者となった「K」こそ、生者だった「先生」の苦しみの最大の理解者だったのではないか。

さて、私たちは『こころ』という小説を一応、読み終えるところまで来た。この小説は「先生」の遺書で終わっているから、それを「私」がどのような気持ちで読み進めたかは分からない。したがって、この小説の最大の問題のひとつである、語り手である「私」の年齢がどれほどなのかは、第三部の記述からは不明なままだ。その判断は読者にゆだねられている。

筆者には『こころ』に記された文字そのものが「私」の遺書だったように思われてならない。読者である私たちは、二つの遺書を読んでいたのではないか。その行間からは、「先生」の年齢を超えた「私」の姿が、行間からくっきりと浮かび上がるのである。

（了）

あとがきに代えて——『こころ』に刻まれたもう一つの道

『こころ』は、近代日本における最初期の宗教文学であることは、これまでも論じてきた。ことにキリスト教との関連においてページを割いてきた。だが、もちろん、そこにこの小説のすべてがあるわけではない。その世界観を決定しているのは仏教だということもできる。

小説では「K」が、浄土真宗の家の次男であるということをのぞけば、ことさらに仏教的世界が描かれていたわけではない。墓地を描く場面でも、仏教のそれではなく、キリスト者の墓碑銘に読者の注目を促したくらいだった。しかし、仏教でいう「四苦八苦」は『こころ』の全編を貫いている。

「四苦」は、しばしば耳にする「生老病死」である。「生」と「死」はこの作品の主調低音である。「老」と「病」は、おもに「私」の父親の境涯によって描き出されている。

「八苦」とは、先の「四苦」に「愛別離苦(あいべつりく)」、「怨憎会苦(おんぞうえく)」、「求不得苦(ぐふとくく)」、「五蘊盛苦(ごうんじょうく)」の四つの苦を「四苦」に加えたものだ。

「愛別離苦」は、文字通り、愛する者と別れること、殊(こと)に死別することだが、この小説の主たる登場人物でこれを経験しなかった人はいない。

「怨憎会苦」は、怨憎を抱く者から自由になれないことだが、「先生」は生涯、若き日、自分の遺産をだますようにして奪った親族を怨んでいた。

「求不得苦」は、求める何かを得られないと感じる苦しみだが、これは必ずしも物質的なこととは限らない。「先生」、「K」、そして「私」も、それぞれ求めているものを得られずに苦しんでいた。

「五蘊盛苦」は、キリスト教の表現を借りれば「霊」と「肉」の相克である。「五蘊」とは「色」、「受」、「想」、「行」、「識」、すなわち人間の身体的、精神的存在のさまざまなはたらきである。それらは当然、思うままにはならない。その不自由に苦しむこと、まさに「K」は、この「苦」から抜け出るためにあれほど強く道を求めたのだった。

漱石が「四苦八苦」を想起しながら書いた、といいたいのではない。人間の「こころ」を探究しようと、わが身を賭した文学者の営みが、仏教——仏道、というべきなのかもしれない——の長い伝統におのずから合致していることに驚いているのである。

「先生」にとって生きるとは、自分を含む人間に対する信頼を回復する道を探すことだった。

あるとき「先生」は、「私は私自身さへ信用してゐないのです。つまり自分で自分が信用出来ないから、人も信用できないやうになつてゐるのです。自分を呪ふより外に仕方がないのです」という。すると「私」が、「さう六づかしく考へれば、誰だつて確かなものはないでせう」と応じる。それに対して「先生」が「いや考へたんぢやない。遣つたんです。遣つた後で驚ろいたんです。さうして非常に怖くなつたんです」(十四)と言葉を重ねる。『こころ』のなかでも印象的な場面だから記憶している人も少なくないだろう。この会話のあとには次のような一節が続く。

　私はもう少し先迄同じ道を辿つて行きたかつた。すると襖の陰で「あなた、あなた」といふ奥さんの声が二度聞こえた。先生は二度目に「何だい」といつた。奥さんは「一寸」と先生を次の間へ呼んだ。二人の間に何んな用事が起つたのか、私には解らなかつた。それを想像する余裕を与へない程早く先生は又座敷へ帰つて来た。（十四）

「私」との会話が熱を帯びてきて、自らの心情を吐露し始めた「先生」を妻である「奥さん」がいさめているのである。「私」に見えないところで「奥さん」が何を言ったかは分からない。しかし、彼女は、このまま会話が続けば、のちに「遺書」に記されたようなことが「先生」の口から語られることを敏感に察知している。

　雑誌での連載を終えると筆者に『こころ』をめぐって話をしてほしいという依頼があった。一時間半ほどの話を終えると会場から質問があった。先の一節をめぐる問題は、その質問者から指摘されたものだった。「あなた、あなた」と「奥さん」が「先生」の話をさえぎったところの意味がよく分からないというのである。

　そこでもここで述べたようなことを話した。しかし、話しながら、自分もまた、その意味を見過ごしていたことに気がついた。あるときまで、私は「奥さん」の沈黙を読み取ることができなかった。

登場人物の語りに目を奪われ、非言語の「おもい」のあらわれを認識できなかった。

『こころ』で、男性たちはよく話す。じつによく話す。しかし、女性たちは多くを語らない。多くを語らないということと、多くを感じていないということは別だ。多く、そして、深く感じたからこそ、語らない。そう生きる人は、私たちの周りにも多くいる。『こころ』を読むことが、人間の心にある何かを読み解こうとする営みだとしたら、読者である私たちは、文字だけを「読む」ことでそれを終わりにしてはならないのだろう。

名前を聞くこともなかったが、先の質問をしてくれた女性にこの場を借りて、感謝の念を伝えたい。


『こころ』をはじめて読んだのは、十代の中ごろだった。それ以前にはほとんど本を読んだことがなかったので、ふりかえってみれば、初めての長編小説だった。今でもはっきり覚えている。読み始めたその日に読み終えた。

あのときの手応えは、私の読書における根本経験だったのかもしれない。そこにあったのは、今までに経験のない分量を読み終えたという充実感と、把握できていない意味の原野を前に茫然とするほかなかった、ある種の敗北感だった。広大な円を前に、自分が理解し、認識し得たのはわずかな弧に過ぎないことが痛いほどはっきりしたのである。

もう一つ、このときの読書によって芽生えたのは、イマージュによって「読む」というコトバへの接近法だった。

もちろん、当時は言語である「言葉」と非言語的な意味のあらわれとしての「コトバ」の差異など知りようはずがない。だが、書物とは、言語によって言語では表現できないものを読み手の心に届けようとする営みであることは、おぼろげながらでも理解できた。「先生」と「私」が出会う場面、「先生」の郷里の風景、「私」の実家の部屋、「K」の部屋にある書棚、「K」が亡くなったあとの部屋、そして遺書を書く「先生」の後ろ姿など、今回、二年強の歳月を費やして『こころ』を論じつつ私は、高校生のときに遭遇した意味の光景が、あながち誤ったものばかりではないことを確かめることになった。

何度読んでも「読み終わらない」本がある。ことに古典と呼ばれる書物の場合、物理的な意味で、「読み終えて」も、終わったという実感が湧かないことが少なくない。『こころ』もそうだった。だが、知命を過ぎ、こうして一冊の著作を書き終えることによってようやく『こころ』は、再読し得る本になった。

再読するためには、一度は読み終えなくてはならない。三十余年を費やして、この小説をやっと、ひとたび読み終えたような気がしている。

この著作が生まれる直接の、しかし私的な出来事にふれておきたい。それは本書で引用した『漱石全集』の編纂者である秋山豊氏のことだ。彼とは面識がなく、声も聞いたことがない。しかし、私の手もとには、十通ほどの、最晩年の彼から送られた手紙がある。

記された文字も言葉もじつに実直で、それに応じるのをためらわれるほどだった。私はこの誠実に本当に応えることができるだろうか、と封筒を開けるたびに思った。当時、彼はすでに病を抱えていて、当時、薬草商を営んでいたことが、書くことに加えて、彼との接点になった。

彼にとって、漱石を「読む」あるいは、漱石の言葉を「編む」という営みが、どのような意味をもっているのかは、彼の著作『漱石という生き方』に記されている。それは、生ける死者となった漱石の「声」をその胸に受けることにほかならなかった。

科学的精神を重んじた彼は、死者の声という表現は用いない。しかし、その営みは、亡き者たちへの敬虔によって貫かれている。そして、その「声」を受け、「書く」ということは漱石という導き手と共に「こころ」という見えない森に分け入り、見えない山を登ることだった。

『漱石という生き方』を手にしたのは、著作を書くようになってからさほど時間がたっていない頃である。それ以来、秋山氏の「読み」、「書く」態度は、私にとっての「読む」こと、「書く」ことの根本経験の一つになっている。

たしか、アランだったと思うが、強く心を動かされた書物はひとたび閉じ、改めて再会の時を待たねばならないことがある、と述べていた。強い情動に率いられたまま読むと、大事なものを見失うというのだろう。手もとにある『漱石という生き方』には、多くの付箋が付きながら、あるところからはまったくない。強く打たれたがゆえに、読むのを止めたのである。改めて彼の著作を読み直してみたいと思っている。

本書を千の感謝とともに秋山豊氏に捧げたい。彼と出会うことがなければこの本が生まれることがないばかりか、漱石と、さらには近代日本文学との対峙もなかった。死者を読者に持てることは幸いである。遺書を書く「先生」がそうだったように、そのとき人は、そのときでき得る限りの誠実をそこに注ぎ込むことができる。

本書は、岩波書店のPR誌『図書』に二十九回にわたって連載されたものを補正、加筆したものである。連載時から現編集長の清水御狩氏には多大なご助力とご理解をいただいた。編集とは、不可視な文字で「書く」ことでもあり、書き手の文字を「作品」へと変容させることである。編集者は、もう一人の「書き手」でもある。ここに深謝しつつ、同士としては、著作の完成を共に喜び合いたい。

これまでさまざまな連載をしてきたが、これほど多くの反響を受けながら書いたものはなかった。書かれたものは、読まれることによっていのちを帯びる。毎月の連載ごとに励ましの言葉を送って下さった読者の皆さんにも心からの御礼を申し上げ、感謝の念とに乗せてこの小著を世に送り出したいと思う。

二〇一九年五月二十八日

若松英輔

本書は、月刊誌『図書』(岩波書店)二〇一六年四月号から一七年一二月号、一八年三月号から同年一〇月号に連載された『こころ』論——語られざる「遺言」を、改稿・加筆した。

若松英輔

1968年新潟県生まれ．批評家・随筆家．東京工業大学リベラルアーツ研究教育院教授．

「越知保夫とその時代　求道の文学」にて三田文学新人賞，『叡知の詩学　小林秀雄と井筒俊彦』(慶應義塾大学出版会，2015)にて西脇順三郎学術賞，『詩集　見えない涙』(亜紀書房，2017)にて詩歌文学館賞，『小林秀雄　美しい花』(文藝春秋，2017)にて角川財団学芸賞を受賞．

著書に『井筒俊彦　叡知の哲学』(慶應義塾大学出版会，2011)，『魂にふれる　大震災と，生きている死者』(トランスビュー，2012)，『生きる哲学』(文春新書，2014)，『霊性の哲学』(角川選書，2015)，『悲しみの秘義』(ナナロク社，2015)，『イエス伝』(中央公論新社，2015)，『内村鑑三　悲しみの使徒』(岩波新書，2018)，『常世の花　石牟礼道子』(亜紀書房，2018)など多数．

『こころ』異聞—書かれなかった遺言

2019年6月21日　第1刷発行

著　者　若松英輔（わかまつえいすけ）

発行者　岡本　厚

発行所　株式会社　岩波書店
〒101-8002 東京都千代田区一ツ橋2-5-5
電話案内 03-5210-4000
https://www.iwanami.co.jp/

印刷・精興社　製本・牧製本

ISBN 978-4-00-022967-8　Printed in Japan